DISCONNECT
DESENCUENTRO

DISCONNECT
DESENCUENTRO

Cubanabooks

NANCY ALONSO
TRANSLATED BY ANNE FOUNTAIN
EDITED BY SARA E. COOPER

Published in the United States of America by Cubanabooks.
400 W. 1st St., Dept. FLNG, CSUC, Chico, CA 95929-0825

Printed in the United States of America
Cover design: Kellen Livingston
Cover art and illustrations: Morante
Text design: Kellen Livingston
Cubanabooks logo art: Krista Yamashita
Special thanks to Amanda Clifford for help with first-round edits.

First Edition
10 9 8 7 6 5 4 3 2 1

Library of Congress Control Number: 2011937596
ISBN: 978-0-9827860-1-7

CONTENTS / ÍNDICE

ACKNOWLEDGMENTS

A series of felicitous circumstances led me to Nancy Alonso. First, the Writers of the Americas Conference of January 2000 in Havana set me on the path of translating works by contemporary women authors in Cuba. On a subsequent trip to Cuba, a visit to the bookstore of the Cuban Union of Writers and Artists in the capital brought Nancy's *Cerrado por reparación* (2002) to my attention. With the book in my hands, I telephoned immediately to inquire about the translation rights, and although Nancy did not know me, I could hear author Mirta Yáñez in the background saying something to the effect, "Tell her yes; she's the one who translated Martí's poetry." Mirta's prompting and Nancy's yes was the start of my collaboration with Nancy and our friendship. First, then, in my acknowledgments are sincere thanks to Mirta and Nancy.

In the process of translation I have worked closely with the author to resolve questions and doubts and to verify my understanding of her intent. We have connected on many levels, so the communication has gone smoothly. In addition, I acknowledge the useful comments and suggestions on the manuscript made by novelist and literary translator, Brent James, and the editorial review given by my husband, Mike Conniff.

Last but not least, I am grateful for the fall 2010 sabbatical awarded by San José State University, which has allowed me to finish this translation.

Anne Fountain, 2011

INTRODUCTION

Nancy Alonso is a late arrival to the Cuban literary scene, having spent most of her life as a professor of Physiology. But with three highly successful books, *Tirar la primera piedra* (*Casting the First Stone*), *Cerrado por reparación* (*Closed for Repairs*) and now *Desencuentro* (*Disconnect*) she is making up for lost time. Her great gift is in exposing human foibles with a sure touch and letting us laugh, cry or worry along with her characters. She is a master of creating dialogue and of deftly exposing hypocritical tendencies.

As predicted by the epigraph from Borges at the beginning of the book, the experiences in *Disconnect* fork toward innumerable possibilities. Some are monologues, some offer dialogues with many voices, some have co-narrators and at least one, "May Allah Protect You," is a first person account. The unity and cohesion of this carefully crafted work come from the underlying theme of love (love of life, love of country, love of family, love of a partner or spouse, etc.) and the examples of connections or disconnects that are part of each story.

Hypocrisy, discrimination, selfishness, betrayal, psychiatric problems, obsessions and compulsive behavior are all explored in the panorama of characters. At the same time, integrity, tolerance, selflessness, loyalty and a compassionate understanding of those with mental and behavioral problems are also present.

In this collection Alonso enters the newly-created space in the contemporary Cuban narrative that allows for explicit reference to homosexual love. She does so in a context that makes these relationships completely parallel to conventional male/female ties, except for the societal and familial discrimination faced by partners in such relationships. In addition, Alonso flirts with sexual taboos in several of the stories, from incest to inter-generational love. Her exploration of women's issues worldwide, from same-sex love to betrayal to sexist discrimination, mark her as a third-wave feminist.

While *Disconnect* relates experiences common to the human condition anywhere, there are unmistakable Cuban features. Three stories present examples of Cuban medical and educational missions abroad, Cuba's under-recognized humanitarian contributions to global welfare. Several selections also point to the Cuban Diaspora, the large numbers of Cubans living outside the Island, and their problematic relations with those in Cuba. Finally, Alonso's stories use uniquely Cuban expressions, references and word plays, along with the clever conversational banter known as *choteo.*

Throughout *Disconnect,* the author plays with the idea of human connections, what prompts them to occur and what stands in their way. In the first story, "Address Unknown," Alonso contrasts two circumstances in which Cubans leave the Island: first the service of Cuban professionals (doctors, teachers, etc.) who often live in Spartan conditions while rendering humanitarian aid, and secondly the exodus of Cubans who often lead more prosperous lives abroad. Shortwave radio often serves as a principal connection between those abroad and their beloved homeland, and in this story it offers a solution to a singular problem. "Bad Luck" offers a humorous and yet sad tale about the connections and disconnections that can occur when there is an over-reliance on signs (such as a black cat) as predictors of what is to come. A mere minute of elapsed time helps to create the disconnect at the end. "Anniversary" describes a twenty-fifth reunion of a College Preparatory Institute in Havana, offering a poignant twist at the end of the story.

In "The Patient" a felicitous social encounter between two women, one of whom has an "unforgettable" face, takes a very different turn when they meet again in a clinical setting. "May Allah Protect You" examines culture clash, exclusionary treatment of women, religious questions and the day-to-day experiences of a Cuban teacher in Ethiopia. A parallel is drawn between the narrator, an atheist always searching for connections to Cuba, and her Muslim students turning daily to Mecca in prayer. "A Tranquil Death" contrasts alternate versions of how a man died, focusing on the disconnect between his perception and that of his family. With "Final Credits" Alonso narrates a suspenseful moment in the life of a lesbian couple and underscores the hypocrisy displayed by the story's conventional family.

Continuing with the theme of social intolerance of differences, "Confession" takes place in the psychiatric unit of a clinic and reveals the sacrifice that a mother is willing to make for her son. On a slightly lighter note, "End of a Story" presents two possible endings to a misunderstanding between two lovers, Eugenia and Rita. In the ironic "Dialogue," one speaker completely dominates a telephone conversation about Rio de Janeiro. "Traces" recalls the disconnect provoked by family members who leave behind the Island, their families and parts of their cultural heritage. "Disconnect," the final story, is told in the form of a long "Dear John" letter with a surprising ending. Mirroring the collection's first story on several levels, "Disconnect" serves as an apt coda for the book in its entirety.

While *Disconnect* may seem to suggest a closure, in fact there can be little doubt that an acquaintance with this book will encourage readers to seek further connections to Nancy Alonso and her appealing narratives.

Anne Fountain, 2011

For the characters of these stories,
with whom I have connected and disconnected.

A los personajes de estas historias,
que he encontrado y desencontrado.

Time forks perpetually
toward innumerable futures.
In one of them I am your enemy.

Jorge Luis Borges
"The Garden of Forking Paths"

El tiempo se bifurca perpetuamente
hacia innumerables futuros.
En uno de ellos soy su enemigo.

Jorge Luis Borges
"El jardín de senderos que se bifurcan"

ADDRESS UNKNOWN
DOMICILIO DESCONOCIDO

ADDRESS UNKNOWN

To G.G.

Good afternoon. To tell the truth, I'm not sure where to begin. But first of all, I do want to thank you for allowing me to come and talk to you. I know how busy you must be as director of a number of radio programs. When I sent you a message by way of my neighbor, the producer, I didn't have high hopes that I'd get to talk to you, especially considering the fact that you already knew who the subject of our conversation would be.

I've never told this story before, and that's pretty strange with as much as I love to tell stories. But the truth is that the ones from Ethiopia are a world apart. I haven't said a word all these years to preserve the freshness of the story for its involuntary protagonist. I kept waiting for the right occasion, but for one reason or another, I never got around to telling her. Until a short while ago, I still had the chance; everything rested upon my simply determining to do so. But as you see, things are different now, and that's why I'm coming to you for help. If only I'd let myself be carried away by impulse, on the very night that it happened, I would have written to her about what I experienced, one of the greatest joys of my time in Africa. But I was afraid of looking ridiculous. For her to have gotten a letter here at the station, signed by someone completely unknown, and with a tale like mine—well, who knows how she might have taken it? I decided to wait and tell her about it in person once I was back in Cuba. Since I was so excited about the idea of giving back some of the happiness she'd given to me, I went over and over in my mind every detail of the anticipated connection. I simply wanted it to be marvelous.

When I got home, I kept putting off finding the time to seek her out and tell her what happened. Have you ever been to a mission in Africa? You haven't? Well then you can't possibly know. Would you believe me if I told you that during the more than six months since I've been back I've had the feeling that I'm still in Ethiopia? It's taken time for me to adjust, and I've hardly said a word to my family and friends except, of course, for my mission colleagues. They seemed to be the only ones who could understand the strange sensation I had of not belonging to my own country. Besides, the daily routine doesn't leave much time to recall memories of Africa. Problems had been piling up while I was away. I'm talking about the year 1991. You can imagine. That was when our downward spiral began. Everyone here was too wrapped up in their own worries to pay attention to horror stories from far away. When I finally got reconnected with reality, the story seemed less spectacular, and I lost some of my enthusiasm to find her and tell her about it.

With time I came to see the error of my ways. Like the Spanish writer Antonio Gala says, we tend to define the Great War by whenever our own roof caves in. At the same time human beings are capable of incredible solidarity. Apropos of that, do you have any idea how many Cubans have been in Africa? Let's see. Come on, just hazard a guess, both military and civil personnel. You don't want to try? It's four hundred thousand. Now try calculating what that total really means considering that there are eleven million of us on the Island. For example, when you take a train from here to Santiago with almost one thousand passengers, the likelihood is that thirty or forty of them have had an experience in Africa. It's hard to believe, don't you think? What's even more curious is that it's the same if they were in Angola, Tanzania, Zambia, the Cape Verde Islands, Mozambique or Ghana. We all have something in common. For one thing, I'm willing to bet that the single most spoken and imagined word for all the Cubans in all those countries is "Cuba." Everyone's counting the days until they return to Cuba, waiting for letters from Cuba, dreaming about Cuba, making plans for when he or she is back in Cuba, wanting to have news of Cuba and fearing for Cuba. It's a real obsession and is precisely the connection with my visit today.

In my case the nostalgia hit before I even left. I packed my suitcase with posters, postcards and decorative coral so I'd have little pieces of the Island by my side. I took several cassettes of my favorite music, which included, of course, Bola de Nieve, María Teresa, Omara, Elena, José Antonio, Pablito and Silvio.[1] I can't tell you how many times I played their songs and how many hours I spent looking at a picture of the *Morro* fortress with the Malecón and that incredible sea in the background. I left precise instructions with my family to send me weekly—yes, you heard me—on a weekly basis, the latest

[1] Some of the most beloved Cuban singing artists are Ignacio Villa (Bola de Nieve), María Teresa Vera, Omara Portuondo, Elena Burke, José Antonio Méndez, Pablo Milanés and Silvio Rodríguez.

and juiciest stories from the local news. I wanted to know what was going on back home during my two years away. Sometimes I think all of that helped me to chase away the blues. Or maybe it was just the opposite, and the news from home nourished my nostalgia. Who knows?

I'm telling you all this so that you'll understand how determined I was from the very first planning stages of my trip to maintain ties with Cuba. What more can I say, then, about what happened to me on the Horn of Africa? I lived for the arrival of the mail. Even so, the letters and newspapers left a bitter taste in my mouth once I saw the dates. Many times they were more than a month old. Do you see the problem? The news was always stale when it finally reached me.

Telephone calls were another story. Calls were a chance to get up-to-date news, just as if I were in Cuba, even if it was only a few minutes of communication. Of course phone calls only happened once a month, or under the best circumstances, every two weeks. Want to know what those of us in the brigade did? We scheduled our calls to come on different dates so that we could stay in closer touch with Cuba. That may sound crazy to you. That's what it was: crazy.

Added to all the preceding was our becoming totally lost when it came to world events because of language barriers. We communicated with the natives in English or with the help of interpreters from English into the local dialects. We knew only a few words of Aramaic, the official language. We couldn't read the newspaper and tuned into television news from the brigade's TV set only when the broadcast was in English. But the reporting was so sketchy and the Ethiopian English so jumbled to our ears that we barely understood. World War Three could have broken out and we would have found out, when and if we found out, only because of casual conversations with Ethiopians.

All of that was too much for me. And then I got the idea to buy a radio. That would do the trick. With a radio, short wave of course, I'd be able to get international stations. I remember as if it were yesterday the day I bought the brand-new black-and-silver Philips. The owner of the store was an Ethiopian Muslim named Kaid. He was short, had a neat and trim mustache, and was very friendly. He explained all the advantages of the three-band portable radio with a one-year guarantee, and I didn't give it a second thought before taking out one hundred fifty Ethiopian *birr*, almost half my monthly salary.

My life in Africa changed completely with the Philips. You think that's funny? Well, I'm not joking. I spent the first days devoted to finding the programs I liked the most. First off, there were news bulletins and musical programs. Early each morning before going to work I listened to Radio Moscow's "Latin American Report" in Spanish. When I got back in the afternoon, I rushed to tune in to Spain's Radio Overseas broadcast, and on Sundays I never missed "Diario Hablado," the "weekly wrap-up" from the same station. At nine at night I listened to the BBC News, preceded by an unmistakable bit of music, the chimes of Big Ben and the voice of the announcer giving the Greenwich Meridian time and saying: "This is London." At ten o'clock I set the dial on Radio France International and tried to brush up on the French I had learned at the Alliance Française. At eleven, when I was ready for bed, I listened to an African station, The Voice of Kenya, from Nairobi, which transmitted a news brief in English followed by an excellent musical program. Those were my regular radio programs, and on mornings when I couldn't sleep, I tried Radio Netherlands, The Voice of America and programs in Italian and Portuguese whose names I can't recall. That was how I satisfied my need to know what was going on in the world.

But what about Cuba? Not a single piece of news. Here in Cuba we think the world revolves around us, and yet there was nothing about us on the radio. I spent days upon days with my ear glued to the Philips hoping to hear the word "Cuba." It was as if the whole place had disappeared from the map.

Listen, there was one time when a colleague received a call from his wife in Pinar del Río, who told him that the Island was surrounded by Yankee gun boats and that a combat alert had been sounded because of the danger. And what was that about? The real call to arms took place in our brigade. Panic ensued. Immediately we decided to set up a radio guard station, for which I was responsible. My duties were to monitor the most important broadcasting stations and to gather news about the events. To our surprise nobody was saying anything about Cuba. It was just as well, because thank goodness two days later another call came in, and we found out that it had all been a case of routine military exercises at the Guantánamo Naval Base.

The streets would not be running with blood after all.

About that time we were getting pretty regular visits from Dawit, an Ethiopian who had graduated as an agronomist in Cuba and who was full of nostalgia for his adopted homeland. One day he confessed to me that his yearning for Cuba was calmed when he was able to tune in to Radio Havana-Cuba in the mornings. Right on the spot I asked him for the band-width and frequency, and my restless mind took on a new obsession: to hear the news about Cuba directly from Cuba. I spent entire evenings staying up and trying to locate the longed-for signal.

For months all my efforts were in vain. I felt pretty discouraged when others in the brigade would ask: "Were you able to get Radio Havana-Cuba last night?" And you'd have to have seen their faces when they heard me say "no" to understand their level of disappointment.

Am I boring you with this drawn-out explanation? Don't worry. I'm just about to get to the issue that brought me to see you. My friends say that I go on and on with my stories. But how could you begin to understand the importance of what happened without the background and some idea about the psychological state of our international aid workers? In relation to Cuba, of course.

Now let's get right to the point. One morning, at about two o'clock, I woke up. In Cuba it would have been six in the afternoon of the previous day. I turned on the Philips to entertain myself and without looking moved the dial to a station that was playing some pleasing instrumental music. And now comes the best part. You can choose to believe or not believe what I am going to tell you, but I swear that before I realized anything, I felt a great swelling in my chest. My heart seemed to want to leap out of my body before I knew why. A fraction of a second later I recognized the familiar opening music of this station, that's right, your station, and then the warm voice of a woman, you know who I mean, who said, "You're listening to the voice of Radio Havana-Cuba."

Even today I get emotional thinking about it. It was as if she were speaking directly to me from Cuba. Do you understand? A special message in a five-minute news broadcast. I wept tears of joy. I gave thanks for the existence of that voice, which for me was the voice of Cuba. There was Cuba,

Radio Havana-Cuba and its excellent radio announcer, one of the best out of all our radio and television programs. A confident voice with perfect diction and precise intonation, like always. Then the broadcast signal disappeared and, full of emotion, I stayed awake waiting until morning to tell my fellow brigade members what I had heard.

Perhaps you're asking yourself where all this is going to lead. Like I said at the beginning, I never told her this story. And now I won't have that chance because she's left the country. Maybe she had gotten tired or bored, I don't know. The fact is she's no longer here, and I have been thinking about how she's feeling. Surely she must miss Cuba, dream about Cuba and need to know about Cuba.

That's why I think it would be good for this tale to reach her. It might help her chase away the blues or it might make them worse. Who can say? I don't know where she lives. I thought about writing to her, care of the station, from Ethiopia. Then she would have told you and your colleagues about the letter from a Cuban volunteer abroad who was obsessed with her country. No, it doesn't really matter that you don't have her address. I figured you wouldn't. I came up with an even better way. What if you included my story on one of your programs, without revealing her name, of course? It's likely that wherever she is she listens to Radio Havana-Cuba and will recognize that this story is about her. I'm sure she'd be grateful. Don't you agree?

DOMICILIO DESCONOCIDO

A G.G.

Buenas tardes. Para serle sincera, no sé por dónde empezar. Lo primero es agradecerle la gentileza de concederme una entrevista. Usted debe estar muy ocupado como director de varios programas en esta emisora radial. Cuando le mandé el recado con mi vecino, el productor, no tenía muchas esperanzas de que me recibiera. Y menos si ya usted sabía de quién quiero hablarle.

Yo nunca conté esta historia. Cosa rara, con lo que me gusta hacer cuentos. Aunque, a decir verdad, los de Etiopía son un punto y aparte. Guardé silencio todos estos años por reservarle la primicia de la anécdota a su protagonista involuntaria. En espera de una buena ocasión, por una cosa o por otra, no se lo conté a ella. Hasta hace poco existió la posibilidad de hacerlo. Todo radicaba en proponérmelo. Ya ve, las cosas han cambiado y ahora acudo a usted buscando ayuda. Si me hubiera dejado llevar por el impulso, la mismísima noche en que disfruté aquella alegría, una de las mayores que sentí en África, le habría escrito a ella narrándole lo sucedido. Pero temí hacer el ridículo. Porque eso de que ella recibiera una carta aquí, en la emisora, firmada por una desconocida, con un relato semejante, vaya usted a saber qué efecto le hubiera producido. Preferí esperar para contárselo personalmente a mi regreso. Y como me entusiasmaba tanto la idea de devolverle mi gratitud a cambio de la felicidad que me hizo sentir, construí en mi mente cada detalle de nuestro encuentro. Nada, quería que fuera algo lindo de verdad.

Una vez en Cuba, fui postergando el momento de buscarla para hacerle aquella historia. ¿Usted ha cumplido alguna misión en África? ¿No? Entonces no puede saber. ¿Me cree si le digo que durante más de seis meses a partir de mi retorno tuve la impresión de estar todavía en Etiopía? Me costaba trabajo adaptarme. Hablaba poco con mis familiares y amigos, excepto con mis compañeros de misión, claro está. Creía que sólo ellos podían comprender esa extraña sensación de no pertenencia a mi propio país. Además, la rutina apenas dejaba espacio para hablar de los recuerdos africanos. Bastantes dificultades se habían acumulado en los dos años de mi ausencia. Le estoy hablando del año 1991. Imagínese usted: recién había comenzado el desbarajuste nuestro. Todos estaban demasiado ensimismados en sus problemas como para prestar atención a horrores lejanos. Cuando finalmente logré conectarme con esta realidad, me pareció menos espectacular el cuento y perdí un poco de entusiasmo por buscarla a ella y revelárselo.

Con el tiempo comprendí mi error. Como dice Antonio Gala, para cada cual la Gran Guerra es la que le derrumba el techo de su casa, pero también el ser humano es capaz de conservar un increíble sentido solidario. Por lo demás, ¿tiene idea de cuántos cubanos han estado en África? A ver, dígame un aproximado. Entre militares y civiles. ¿No adivina? Más de cuatrocientos mil. Calcule el significado de esa cifra, si tenemos en cuenta que somos once millones de habitantes en la Isla. Mire, cuando usted va montado en un tren de aquí a Santiago de Cuba, con casi mil personas dentro, puede que cuarenta o cincuenta de ellas compartan la experiencia africana. No se puede creer ¿verdad? Lo curioso es que da igual si estuvieron en Angola, Tanzania, Zambia, Cabo Verde, Mozambique o Ghana. Hay mucho de común de lo que hemos vivido. Por ejemplo, apuesto cualquier cosa a que la palabra más veces pronunciada y pensada por los cubanos, en todos esos países, es Cuba. Una cuenta los días que faltan para el regreso a Cuba, espera cartas de Cuba, sueña con Cuba, hace planes para cuando esté en Cuba, quiere tener noticias de Cuba, teme por Cuba. Una verdadera obsesión. Y precisamente esto tiene relación con mi visita de hoy.

A mí la nostalgia por Cuba me mordió antes de salir de aquí. Metí en la maleta afiches, postales y abanicos de mar para tener algunos pedacitos de la Isla a mi lado. Me llevé varios casetes con mi música preferida donde no faltaban, por supuesto, Bola de Nieve, María Teresa, Omara, Elena, José Antonio, Pablito y Silvio.[2] Ni sé las veces que escuché aquellas canciones y las horas que pasaba contemplando una imagen del *Morro* con el Malecón y ese mar increíble. Dejé instrucciones precisas a mi familia para que me enviaran, semanalmente, óigalo bien, se-ma-nal-men-te, los periódicos más enjundiosos de entonces. Quería mucho estar al tanto de lo ocurrido en este país durante

[2] Ignacio Villa (Bola de Nieve), María Teresa Vera, Omara Portuondo, Elena Burke, José Antonio Méndez, Pablo Milanés y Silvio Rodríguez.

dos años de ausencia. A veces pienso si de verdad todo aquello me ayudaba a espantar el gorrión o, por el contrario, lo alimentaba. Quién sabe.

En fin, le hablo de esto para que comprenda cuán decidida estaba yo, desde los preparativos de mi viaje, a mantenerme ligada a Cuba. ¿Qué le voy a contar entonces de lo sucedido cuando me vi en el cuerno africano? Vivía pendiente del correo. Sin embargo, las cartas y los periódicos me dejaban cierta amargura cuando veía las fechas. A veces se tardaban más de un mes. ¿Entiende? Siempre era información atrasada.

Las llamadas telefónicas eran otra cosa. Esas sí me permitían tener noticias frescas, como estar en Cuba aunque fuera por los escasos minutos de comunicación. Sólo que eso ocurría una vez al mes, o en el mejor de los casos cada quince días. ¿Sabe lo que hacíamos en la brigada? Pues nos poníamos de acuerdo para que nos llamaran en fechas diferentes y así nos manteníamos más cerca de Cuba. Quizás le parezca una locura. Así mismo era, una locura.

A lo anterior súmele el despiste total sobre lo que ocurría en el mundo a causa del idioma. Nos comunicábamos con los nativos en inglés o con traductores del inglés a los dialectos locales. Del amahárico, la lengua oficial, sólo conocíamos unas cuantas palabras. No podíamos leer el periódico, y encendíamos el televisor de la brigada nada más cuando transmitían en inglés. Y para eso el noticiero era pésimo y hablaban tan enredado que ni a derechas entendíamos. Podía haberse desencadenado la tercera guerra mundial y nosotros nos hubiéramos enterado, si acaso, por las conversaciones con los etíopes.

Aquello era demasiado para mí. Entonces se me ocurrió la idea del radio. Sí, de comprarme un radio. Con onda corta, claro, para escuchar las estaciones internacionales. Aún recuerdo como si fuera hoy el día de la compra del flamante Philips de color negro y plateado. El dueño de la tienda era un etíope musulmán llamado Kaid. Bajito, de bigote recortado, muy amable. Me explicó las ventajas de aquel radio portátil con tres bandas y garantía por un año. No lo pensé dos veces y desembolsé los ciento cincuenta birr. Casi la mitad de mi salario mensual.

Mi vida en África cambió totalmente con el Philips. ¿Se ríe? Pues le hablo en serio. Los primeros días me dediqué a localizar los programas que más me gustaban. Sobre todo los informativos y los musicales. Tempranito por la mañana, antes de salir hacia las clases, oía el "Servicio para América Latina" de Radio Moscú en español. Al regresar por la tarde me apresuraba a sintonizar Radio Exterior de España y los domingos no me perdía el "Diario Hablado" de esa misma emisora. A las nueve de la noche escuchaba las noticias de la BBC, precedidas por la inconfundible musiquita, las campanadas del Big Ben y la voz del locutor diciendo la hora por el meridiano de Greenwich y el anuncio de This is London. A las diez ponía Radio Francia Internacional y trataba de cultivar mi francés estudiado en la Alianza. Ya a las once, para dormir, me acompañaba una emisora africana, The Voice of Kenya, Nairobi, que a esa hora trasmitía en inglés un noticiero breve y luego un programa musical excelente. Esas eran mis audiciones radiales, digamos sistemáticas. Además se añadían, en las madrugadas sin sueño, la compañía de Radio Netherland, The Voice of America y otras, en italiano y portugués, cuyo nombre no recuerdo ahora. De esa forma fui calmando mi necesidad de saber qué diablos estaba pasando en el mundo.

Pero de Cuba, ni una noticia. Nosotros aquí creemos ser algo así como el ombligo del universo. Y de eso nada. Yo me pasaba días y días con la oreja pegada al Philips y no escuchaba la palabra Cuba. Como si hubiera desaparecido de la geografía. Mire, una vez a un compañero lo llamó su esposa desde Pinar del Río para decirle que la Isla estaba rodeada por barcos militares yanquis y se había decretado una alarma combativa por lo peligroso de la situación. ¡Para qué fue aquello! El verdadero zafarrancho de combate se armó en la brigada. Cundió el pánico. Inmediatamente se decidió montar una especie de guardia radial, de la cual yo era responsable, para monitorear las más importantes emisoras y tener noticias de los sucesos. Para nuestra sorpresa, de Cuba no se decía absolutamente nada. Menos mal que a los dos días entró otra llamada y supimos que se trataba de unas maniobras militares de rutina desde la Base Naval de Guantánamo. La sangre no iba a llegar al río.

Por esa época nos visitaba mucho Dawit, un etíope graduado de agrónomo en Cuba, lleno de nostalgias por su segunda patria. Un día me confesó que mitigaba la tristeza cuando a veces podía captar Radio Habana-Cuba por las madrugadas. Ahí mismo le pedí los datos de la banda y frecuencia, e incorporé una nueva obsesión en mi trastornada cabeza: escuchar noticias de Cuba desde Cuba. Noches enteras me las pasé en vela tratando de captar la ansiada señal. Todos los intentos resultaron infructuosos durante meses. Me daba tremenda pena con la gente de la brigada cuando me preguntaban, ¿pudiste oír Radio Habana-Cuba anoche? Tenía usted que haber visto sus caras cuando recibían mi negativa por respuesta. El caos y la desolación.

¿Lo aburro con tanta perorata? No se preocupe, ya viene la historia en cuestión, la que me trajo a verlo. Mis amigos dicen que hago los cuentos interminables. Pero cómo iba a entender usted la trascendencia de lo sucedido si desconocía todo lo anterior, la psicología de los cooperantes internacionalistas. En relación con Cuba, quiero decir.

Vamos al grano. Una madrugada, como a eso de las dos, me desvelé. En Cuba serían las seis de la tarde del día anterior. Encendí mi Philips buscando entretenerme un rato y sintonicé a ciegas una estación que trasmitía en ese momento música instrumental agradable. Y ahora viene lo mejor. Puede creerme o no esto que le voy a contar, pero le juro que antes de darme cuenta de nada yo sentí una opresión muy grande en el medio del pecho. El corazón se me desbocó sin yo saber por qué. Una fracción de segundo después identifiqué los acordes de presentación de esta emisora, sí, de la suya, y a continuación la voz cálida de una mujer, ya sabe de quién, que decía: "Están escuchando Radio Habana-Cuba." Todavía hoy me conmueve recordar aquello. Era como si ella me hablara a mí desde Cuba, ¿entiende? Un mensaje muy especial en un noticiero de cinco minutos. Lloré de felicidad. Le agradecí a esa voz su existencia, pues era una forma de demostrarme la de Cuba. Allí estaba Cuba, estaba Radio Habana-Cuba, y estaba esa excelente locutora, una de las mejores voces de nuestra radio y televisión. Segura, con una dicción perfecta y una entonación precisa, como siempre. Se fue del aire la emisora y, de la emoción, me quedé despierta, esperando el amanecer para contarles a mis compañeros lo que había escuchado.

Quizás se esté preguntado a dónde va a parar todo esto. Como le dije al principio, nunca le conté a ella esta historia. Y ahora ya no se la puedo contar porque, como usted sabe, se fue del país. Se cansó o se aburrió, no lo sé. El asunto es que no está aquí y me he puesto a pensar que seguramente añora a Cuba, sueña con Cuba, necesita saber de Cuba.

Por eso creo que sería bueno hacerle llegar esta anécdota. Para ayudarla a espantar el gorrión o para alimentarlo. Quién sabe. Pero no sé dónde vive. Desde Etiopía yo pensé escribirle aquí, a esta emisora, y ella hubiera comentado con usted y los demás compañeros de trabajo, la carta de una internacionalista obsesionada con Cuba. No, no importa si no tiene su dirección, ya me lo imaginaba. He pensado en algo mejor. ¿Y si usted incluyera este relato en alguno de sus programas? Sin decir el nombre, por supuesto. Puede que donde quiera que esté, ella escuche Radio Habana-Cuba y así conozca esta historia que le pertenece. Seguro nos lo va a agradecer, ¿verdad?

BAD LUCK
MALA SUERTE

BAD LUCK

A sunny morning heralded the end of several stormy days, and when Lillian opened the louvered window panels, light streamed into the bedroom. It was a distinctive light, the kind that appears after rain showers, and it spilled over everything, giving objects an ethereal luster. This would make a great photo, she thought, with the soft yellow sheen covering everything. Lillian saw in the shimmering scene a positive forecast for her vacation. As her grandmother used to tell her, signs, the signs all around us, reveal what is to come.

Lillian set out from the apartment feeling unburdened. She'd pick up Alejandro at his house, and together they would head to the Havana Woods and spend a day at the park. It was going to be the start of a long-awaited month of solace and relaxation, and Lillian had no plans except to read books that had accumulated on her bookshelf corner, go to movies and enjoy the company of friends. She'd spent the last vacation depressed because of her break-up with Isabel and the one before that with a broken leg, so she didn't get to scale the *Pico Turquino*.[3] Three years earlier her time was eaten up with the repair of electric appliances, all of them ruined by an infernal bolt of lightning that struck the terraced rooftop.

A black cat crossed in front of Lillian just as she reached the ground floor of the building. My grandmother would call that a bad sign, was the first thing that crossed her mind. What if Alejandro had second thoughts about their outing? She went back to the apartment to give him a call and confirm the day trip. When she opened the door she heard the telephone ring and went to answer, convinced that Alejandro was calling to cancel their plans.

"OK Alex, tell me what's happened…" Lillian's voice registered both certainty and resignation.

"What's that you're saying, Lillian? Listen, it's me, Rafael."

"Rafael?" asked Lillian, still not understanding that the voice did not belong to Alejandro.

[3] The *Pico Turquino,* or Turkish Peak, in the Sierra Maestra mountain range is Cuba's highest peak.

"Yes, Lillian, Rafael Rodríguez. Don't you remember me? Don't you love me anymore?" he added, echoing the words of a popular *bolero* with ironic flourish.

"Rafael! I'm so sorry; I was expecting another phone call," said Lillian. Then she said in jest: "Cut! Let's start the scene again. Lights, camera, action. Hey Rafael, what's up?"

"Well nothing's up for me but something's gonna be up for you. The boss wants you to come in right now. He needs you."

"But today is my first day of vacation!" protested Lillian.

"Listen Lilliancita, there's a huge problem with the auditing that was done for Islazul Hotels in the province of Camagüey. Dario says you're the only one who can help him."

Lillian put up a desperate and futile resistance until she got it that Rafael could do nothing to free her from the punishment. Before leaving for work she called Alejandro and bemoaned her bad luck.

Lillian reconsidered the meaning of the black cat that had crossed her path and reaffirmed the old idea that signs are sometimes hard to interpret. The black cat had caused her to go back home and had allowed Rafael to trap her like a mouse. The sign presaged something much worse than she had imagined at the beginning.

The meeting with Darío was tense. It was not just a question of postponing her vacation. He wanted Lillian to travel to Camagüey.

"With so many auditors, Darío, why did you have to choose me?" Yet for every name that Lillian put forward Darío explained why that option had been discarded. Their reasons varied from work projects that couldn't be postponed, to illnesses, to children who had no one to look after them. "Of course, since I don't have either dogs or cats to take care of, I'm your ace in the hole."

"Lillian, you know that you're my right hand woman," said Darío, trying to flatter her.

"Then I wish you were left-handed, Darío. And what if I told you that my maternal grandmother is getting married tomorrow and wants me to accompany her on the honeymoon? Then would you spare me from going on this little trip?" That was the last argument Lillian offered.

Darío knew how much Lillian loved her work, and it didn't take much for him to make her accept putting off her vacation. Everything was going well until Lillian asked: "How much time do I have to analyze the file?"

"Almost none, Lillian. I need you to be on your way by tomorrow," was Darío's firm reply.

"That's crazy. That's not nearly enough time," countered Lillian. And after a few moments of silence, she added: "Besides, tomorrow is Friday, Friday the 13th."[4]

"A day like any other, Lillian. You're not superstitious, are you?"

"Well, my grandmother always said: "On Friday the 13th, don't get married, don't travel and don't leave your family."

"This is the same grandmother who's getting married tomorrow, right? Well then, tomorrow she gets married and you travel. Most likely you'll be going by plane so you won't feel bad for long. I'll call you tonight to confirm."

"What would I feel bad about?" Lillian got no response. Darío was already walking out of the office.

Lillian spent all day studying the documents in her home and working against the double forces of heat and anxiety. She had no desire to get on a plane, much less on a Friday the 13th, in a month of July when two tropical depressions had already developed. That black cat business had surpassed all expectations. At eight o'clock Darío called.

"Listen Lillian, this has really been a pain in the neck. I've moved heaven and earth and I still don't have your ticket." Lillian made faces in the mirror, first mocking his efforts, then smiling when he said he didn't have a ticket. "I could only manage to get a promise that the man on duty will give you priority." Lillian watched in the mirror as her face fell. "Call me if you can't get on the plane. I already contacted Camagüey, and they're going to wait for you and meet you whenever you arrive."

"What time should I be at the airport?" Lillian said, trying to mask her unhappiness.

"Around one in the afternoon. The flight leaves at three."

---

[4] In the original version this is Tuesday the 13th, which in Spanish is equivalent to Friday the 13th in English.

"It's a good thing my name isn't Lola, because then I wouldn't even get on the plane over my own dead body."[5]

Lillian slept fitfully that night. Upon awaking, she remembered a dream in which a fortune teller had read her cards and the lines of her hands: a long life and good fortune in love, although she would face obstacles before she found happiness. Even asleep Lillian couldn't forget how difficult it had been for her to make her dreams come true.

"Good morning, Friday the 13th. Let's try to make the best of it," said Lillian, still lying in bed and speaking to the ceiling. She remembered that her grandmother always advised getting out of bed with the right foot first and then the left. That is just what she did. No need to tempt fate and challenge a Friday the 13th.

The morning barely afforded Lillian time to take a last look at the file, pack her bag and call to say goodbye to her parents. The trip to the airport was fast, without problems, and the man at the ticket counter was so nice to her that Lillian wondered if that were a good or a bad sign.

As the boarding time approached they called all the passengers with seats for the flight to Camagüey. Every so often the counter agent who had been told about the "special case" of the auditor gave Lillian an empathetic look. For her part, Lillian was feeling perfectly content to stay put because of her vacation, the black cat and the issue of Friday the 13th.

A tall girl with agile gait and a book bag on her shoulder walked up to the counter where passengers were confirming their flights. Lillian heard her say: "Here, this is my ticket and this other one is for a colleague at work who won't be traveling. Please cancel it."

Moments later the employee signaled for Lillian to approach the counter.

"Just one cancelation, only one. You have incredibly good luck," remarked the counter agent, without knowing what little interest Lillian had in traveling. And with that, they closed the flight with the last ticket in her name.

Lillian knew that behind every airline catastrophe there was always the

---

[5] *"Eran las tres de la tarde cuando mataron a Lola,"* [It was three o'clock in the afternoon when Lola was killed] is a colloquial Cuban expression associated with a popular song. Naturally Lillian would be reluctant to board a flight at 3:00 p.m. if her name was Lola.

story of someone desperate because he or she couldn't get a seat on that (as of yet not crashed) airplane or of someone who changed his mind at the last minute and freed up a seat for someone else. The last minute passenger might feel happy about the circumstances or feel miserable (like she did) about having to fly.

Lillian imagined the scene with Darío sitting back and watching TV, and suddenly on the screen appears the bland face of a newscaster as he reads the names of the passengers who had perished in the fatal flight from Havana to Camagüey. She enjoyed imagining the guilt that would overwhelm Darío when he heard her name.

In the boarding area Lillian sat down next to the girl with the book bag. She felt the urge to poke around in the tangle of circumstances that had made her trip possible.

"I'm the one who bought the ticket that you cancelled," commented Lillian. "If your friend had come I would be heading back home."

"Then he has passed on his good luck to you," replied the girl.

"Good luck? Why?" inquired Lillian.

"Because here in Havana, just by chance, he reconnected with his teenage girlfriend and they fell back in love. They hadn't seen each other for years, after one of life's disconnections sent them separate ways. Now that they're together, they're determined not to lose each other again." The young woman spoke with such enthusiasm that she seemed like the protagonist of the story.

"I hope their story has a happy ending," chimed in Lillian.

"It's already a happy story, don't you think?"

"You're right," Lillian conceded. "It's just that I'm a pessimist. I mean right now I'm almost convinced that our plane is going to crash as soon as it takes off because today is Friday the 13th and as far as I know a plane has never crashed on a Friday the 13th. The time has come; it's a matter of probability. Therefore my suggestion is that you stay on the ground."

"Then why aren't you staying?" asked the girl.

"Because it's my fate to get on this plane, and one can't escape one's fate," pronounced Lillian in a funereal tone. "If I were to tell you how I came to be in this airport, you wouldn't doubt for a moment that it was destiny that brought me here today." Right away she began giving an account of everything that had happened since the black cat crossed her path.

"It's hard for me to accept that something other than my own decisions could possibly be weaving the texture of my existence," the young woman argued, and for a good while afterward she expounded passionately about the concept of free will.

Lillian felt herself moved less by the words themselves than by the passion with which the young woman delivered them. Besides, something seemed familiar about the way she moved her hands, how she half-closed her eyes and how her voice rose and fell. Lillian only interjected a couple of sentences about the opinions of her grandmother on the topic. For the first time she began to feel happy about having been chosen to make the trip to Camagüey.

"I've been talking like a chatterbox. You must be dizzy by now."

"Don't be silly. I've been following every word. If I'm fidgeting it's because of the unbearable heat. This month of July is overwhelming me," said Lillian.

"Well speak of connections, my name is **Julia**."

"You said your name is Julia?" asked an astonished Lillian. She saw the curious look on the face of the young woman and added: "It's just that one of my favorite movies is *Julia*. I've seen it over and over and never get bored."

"How could anyone get bored with Vanessa Redgrave and Jane Fonda playing the parts of Julia and Lillian?" commented Julia.

"How about this for a curious twist? My name is Lillian. Wow, what a coincidence."

"And are you a writer, like the Lillian of *Julia*? Because then this would be a connection right off the silver screen."

"No, I'm not a writer, I'm an auditor, but we can still make the most of our connection…at least as long as the plane ride lasts."

"As long as your prediction for Friday the 13th doesn't come true," joked Julia.

"Thinking it over, nothing bad can happen if we just look at the signs from a different perspective. Look, the black cat, the audit, the reconnecting of your friend with the love of his life, the cancellation of his trip, all was predetermined so that a friendship could spring up between this Julia and this Lillian." Even though Lillian gave a playful tone to her words, she asked herself if it might not have been destiny that took her to the airport so that she could meet Julia.

The conversations between the two of them flowed without those uncomfortable pauses that tend to be filled with comments about the heat or whether it would rain or not. They talked about movies, music, literature, politics and their jobs. When the announcement came that they were about to land, Lillian imagined another scene with Darío, this time when she returned to Havana. He would be waiting for her on the runway at the foot of the plane's exit stairs, just like in the movies. He would be surprised by the bouquet of flowers that Lillian would present to him as she exclaimed: "Thank you Darío, thank you for having sent me on a plane to Camagüey on Friday the 13th of July."

"The time has gone by quickly for me," said Julia. "How about you?"

"Well it's literally flown by as we've been flying along."

"That joke should have been mine. You beat me by just a second," lamented Julia.

"And seconds are all that are left for goodbyes, and we haven't even agreed on when we'll meet again," said Lillian. "You are going to show me around your city, aren't you?"

"What would you say to beginning the tour this very night?" suggested Julia.

"I'd love to. The bad thing is that they're waiting for me to start a meeting and I have no idea what time it will end," explained Lillian. "I'm pretty sure that tomorrow I'll be free after five o'clock in the afternoon. Is that a good time for you?"

"Perfect. Where are you staying?" inquired Julia.

"I don't know yet."

"Then let's meet in Ignacio Agramonte Park, next to the Cathedral. It's in the center of the city, and anyone you ask can tell you how to get there. I'll be sitting on one of the benches facing the Main Library. Be sure to come. Don't forget."

"Six o'clock, Ignacio Agramonte Park, facing the library," repeated Lillian. "Please be sure you're there and don't you forget. Don't topple my new theory of how a black cat and traveling on Friday the 13th can be harbingers of good fortune."

Lillian's meeting was a tedious series of discussions that lasted until sometime past nine, when someone felt sorry for her and they took her to the hotel. In the room, Lillian regretted not having asked Julia for her address.

The following day was even more draining. Lillian had to call upon all her skills to convince the men she was dealing with of the fairness of an assessment that left them looking bad. When the meeting was over, Adrián, one of the managers, said: "Lillian, I'd like to take you to the hotel in the town of Florida so you can see how the remodeling job is going. On the way I'll treat you to lunch and we can have a couple of Tínimas beers. No one can stand this heat. Have you noticed that this summer is hotter than ever?"

Lillian tried to determine if the invitation had the character of a strategic softening up because of her being an auditor or because of her being a woman. She was familiar with both lines of attack and had sufficient experience to know that the best bet was to accept his invitation and let Adrián discover the futility of his effort, whichever flank he proposed to attack. What most worried Lillian was the time, two-thirty in the afternoon.

"I accept and we can go as long as you promise to get back by six o'clock. I've made arrangements to meet a friend at that time."

"Don't worry, from here to the Hotel Florida takes less than half an hour. We have plenty of time," promised Adrián.

Nothing that happened that afternoon seemed unexpected, although Lillian was surprised by what a gentleman Adrián was. It occurred to her that with a man like that, getting naughty might be nice.

On the way back to Camagüey, the car began to sputter until it finally gave out. Adrián immediately calmed Lillian: "I can fix this myself right away."

Nonetheless, it didn't turn out that way, and Adrián had done a lot of sweating before he got the car running again. Lillian was feeling on the verge of a nervous breakdown. She went over in her mind if there had been some sign foretelling a missed connection with Julia. On the contrary, a July 14th, Bastille Day, should by all rights be a memorable day, with the "Marseillaise" in the background, once the unpleasant present—the car difficulty—had become a thing of the past.

In the heart of the city, the car began to give out again and Lillian, almost out of control, asked Adrián: "Is Ignacio Agramonte Park very far from here?"

"About ten, perhaps twelve blocks," said Adrián, pointing out how to get there. "I'm so sorry, Lillian."

"No worries, you did the best you could. Tomorrow we can work out the details of my trip back. I'm in no hurry at all since I'm on vacation. Thanks for your company today."

Lillian began walking at a brisk pace at ten minutes after six. At a minute per block, she thought, she would arrive less than a half hour late, a time within the range of the national norms of punctuality. When she got to the first corner she saw a horseshoe in the middle of the street. A horseshoe, symbol of good luck, on the way to her destination. She picked it up and held it tightly in her hands, seeking nourishment from the good fortune of the metal. That was her guarantee that everything was going to turn out well. She glanced back and saw that a bicycle taxi was approaching. Now she felt perfectly ecstatic contemplating her salvation on three wheels. It was an attention-getting bicycle taxi with two seats, adorned with a Canadian flag and a sign that read, "I am the King." But two men got ahead of her and took their seats like royalty, without paying the slightest bit of attention to her.

When Lillian reached the park at six twenty-six, Julia was not there. The benches facing the library were empty. Lillian continued with the horseshoe in her hand.

The sound of an ambulance siren shook Lillian from her stupor. No one can win against a black cat and a Friday the 13th, she concluded. She tossed the horseshoe and started walking in the opposite direction from a group of people gathered near the park.

Because of her belief in the power of bad luck, Lillian didn't find out that Julia had been waiting from her seat facing the library. Or about Julia's shock when she heard an uproar and someone exclaiming: "A truck just ran over a bicycle taxi!" Or how Julia had imagined Lillian as a passenger in the bicycle taxi. Nor did she find out about Julia's quaking reaction at seeing the tangled metal topped with a Canadian flag and a sign that said something about a King, and her subsequent relief when she discovered that there was no woman in the accident. Lillian did not see Julia return to the park, determined to keep waiting although it was already twenty-seven minutes after six.

MALA SUERTE

La mañana soleada anunciaba el fin de varios días de tormenta. Lilian abrió las hojas de la ventana del cuarto y permitió que la luz—esa singular luz que puede apreciarse después de la lluvia—se derramara sobre los objetos de la habitación dándoles un viso de irrealidad. Ideal para una foto, pensó, el amarillo contaminándolo todo, y quiso ver en aquel resplandor un buen augurio para el inicio de sus vacaciones. Señales, las señales son reveladoras de lo que está por venir, le decía su abuela.

Lilian salió de su apartamento sintiéndose ligera. Recogería a Alejandro en su casa y luego irían juntos al Bosque de La Habana. Este sí sería un mes de solaz y esparcimiento, sin más pretensiones que leer el montón de libros acumulados en una esquina del librero, ir al cine y disfrutar la compañía de los amigos. Las últimas vacaciones las había pasado deprimida por la ruptura con Isabel; las anteriores a aquellas, con una pierna fracturada, no pudo disfrutar de una escalada al Pico Turquino; y las de tres años atrás se habían esfumado en la reparación de sus equipos electrodomésticos, arruinados por aquel maldito rayo que cayó en la azotea.

Un gato negro cruzó por delante de Lilian justo cuando ella llegó a la planta baja del edificio. Mala señal, diría mi abuela, fue el pensamiento que le vino a la cabeza. ¿Y si Alejandro se había arrepentido del paseo? Regresó al apartamento para llamarlo y confirmar el encuentro. Al abrir la puerta escuchó el timbre del teléfono. Respondió convencida de que se trataba de Alejandro para cancelar la cita.

"Dime, Ale, qué pasa…" en su voz se percibía una mezcla de suficiencia y resignación.

"¿Qué dices, Lilian? Oye, soy yo, Rafael."

"¿Rafael?" preguntó Lilian, todavía sin comprender cómo aquella voz no era la de Alejandro.

"Sí, Lilian, Rafael Rodríguez, ¿ya no te acuerdas de mí, ya no me quieres?" le respondió con una tonada irónica.

"¡Rafael! Perdóname, es que esperaba otra llamada." Y bromeó: "¡Corten! Vamos a empezar de nuevo la escena. Luces, cámaras, acción. Dime, Rafael, qué pasa."

"A mí, nada, a la que le va a pasar es a ti. El jefe quiere que vengas ahora mismo para acá, te necesita ya."

"¡Pero si hoy es mi primer día de vacaciones!" se quejó Lilian.

"Escucha, Liliancita. Hay tremendo problema con la auditoría que le hicieron a los hoteles de Islazul en la provincia de Camagüey y dice Darío que eres la única que puede ayudarlo."

Lilian hizo una desesperada e inútil resistencia hasta comprender que no estaba en manos de Rafael liberarla del castigo. Antes de salir hacia su trabajo llamó a Alejandro y se lamentó con él de su mala suerte.

Lilian reconsideró el significado del gato negro en su camino y reafirmó la vieja idea de que a veces resulta muy difícil interpretar las señales. El gato negro la hizo regresar a la casa y por eso Rafael pudo atraparla, mansa como una paloma. La señal presagiaba algo mucho peor de lo que ella había imaginado al principio.

El encuentro con Darío fue tenso. No se trataba sólo de posponer las vacaciones, Lilian debía viajar a Camagüey.

"Con tantos auditores, Darío, ¿por qué me escoges precisamente a mí?" Y ante cada nombre propuesto por Lilian, Darío explicaba el porqué quedaba descartado, desde trabajos impostergables hasta enfermedades, pasando por niños que no tienen quien los cuide. "Sí, claro, como yo no tengo ni perritos ni gaticos que cuidar, soy tu comodín."

"Lilian, tú sabes que eres mi brazo derecho," la aduló Darío.

"Ojalá fueras zurdo, Darío. Y si te digo que mi abuela materna se casa mañana y me pidió que la acompañara en su luna de miel, ¿me liberarías del viajecito?" Fue lo último que argumentó Lilian.

Darío conocía la pasión de Lilian por su trabajo y no le costó mucho hacerle olvidar la posposición de las vacaciones. Todo marchaba bastante bien hasta que Lilian preguntó:

"¿Cuánto tiempo tengo para analizar este expediente?"

"Casi nada, Lilian. Quiero que salgas mañana mismo para allá," fue el imperativo de Darío.

"No, tú estás loco. Es muy poco tiempo," se opuso Lilian y luego de unos segundos de silencio agregó: "Además, mañana es martes... martes 13."

"Un día como otro cualquiera, Lilian. Tú no eres supersticiosa, ¿verdad?"

"Mi abuela siempre decía: 'Martes 13 ni te cases, ni te embarques, ni de tu familia te apartes.'"

"¿Esa es la misma abuela que se casa mañana? Entonces, si ella se casa, tú te embarcas. Y es probable que sea en avión, así la agonía dura menos. Te llamo esta noche para confirmar."

"¿Cuál agonía?" Lilian no obtuvo respuesta, Darío ya salía de la oficina.

Todo el día lo dedicó Lilian a estudiar en su casa los documentos, a contrapelo del calor y del desasosiego. No le hacía ninguna gracia montarse en un avión y mucho menos el martes 13 de un mes de julio en el cual ya se habían formado dos depresiones tropicales. Lo del gato negro había sobrepasado cualquier expectativa. A las ocho la llamó Darío.

"Oye, Lilian, esto ha sido tremendo, he movido cielo y tierra y no tengo tu pasaje." Ella le hizo muecas de burla y alegría al espejo que tenía frente a sí. "Sólo logré la promesa de que el jefe de turno le dará prioridad a tu caso." Lilian vio en el espejo cómo su rostro se descomponía. "Llámame si no te vas, mira que ya avisé a Camagüey y van a esperarte para reunirse contigo en cuanto llegues."

"¿A qué hora debo estar en el aeropuerto?" Preguntó tratando de no mostrar su disgusto.

"Sobre la una de la tarde, el vuelo sale a las tres."

"Menos mal que no me llamo Lola, porque entonces ni muerta subo yo a ese avión."[6]

Lilian durmió intranquila esa noche. Al despertarse, recordó un sueño en el que una quiromántica le tiraba las cartas y le leía en las líneas de la mano una larga vida y fortuna en el amor, aunque la prevenía de los obstáculos antes de alcanzar la felicidad. Ni dormida olvidaba Lilian cuánto le costaba a ella alcanzar sus deseos.

"Buenos días, martes 13. Trataremos de pasarla lo mejor posible," le habló al techo, aún acostada. Recordó que su abuela le recomendaba levantarse de la cama apoyando siempre primero el pie derecho y luego el izquierdo. Así lo hizo esta vez, por si acaso, pensó, nada se pierde y no tenía por qué desafiar a un martes 13.

---

[6] *"Eran las tres de la tarde cuando mataron a Lola"* es una expresión coloquial cubana asociada con una canción popular. Naturalmente Lillian no quisiera abordar un vuelo para las tres de la tarde si se llamaba Lola.

Apenas le alcanzó la mañana para echarle un último vistazo al expediente, preparar el maletín y llamar a sus padres para despedirse. El trayecto hasta el aeropuerto fue rápido, sin contratiempos, y el jefe de turno la atendió con tanta cordialidad, que Lilian no supo si se trataba de una buena o una mala señal.

Llamaron a la hora indicada a los pasajeros con reservaciones para el vuelo de Camagüey. A cada rato, el expedidor, a quien ya le habían explicado "el caso" de la auditora, miraba a Lilian con cara de pena, y ella contenta de quedarse, por las vacaciones, y las señales del gato negro y el martes 13.

Una muchacha alta, de andar ágil, mochila al hombro, llegó ante el mostrador donde confirmaban los pasajes. Lilian la oyó decir:

"Mire, este es mi boleto, y este otro es de un compañero de trabajo que no viaja. Cancélelo, por favor."

Pocos minutos después, el empleado le indicó a Lilian que se acercara.

"Una sola cancelación, una sola. Tremenda suerte la suya," fue el comentario de aquel hombre desconocedor de lo poco que le interesaba a Lilian viajar. Y cerraron el vuelo con la venta del pasaje a su nombre.

Lilian sabía que detrás de cada catástrofe aérea, siempre se cuenta una historia de alguien desesperado porque no puede viajar en ese (aún no accidentado) avión, o de quien se arrepiente de hacerlo en el último momento, y queda libre un asiento para ser ocupado por otro alguien, feliz de su buena suerte o afligido (como ella) porque en realidad no quería viajar. Lilian imaginó la escena de Darío, sentado frente al televisor, y de repente en la pantalla la cara de circunstancia de un locutor del noticiero mientras leía la lista de fallecidos en el fatídico accidente del vuelo Habana-Camagüey, y disfrutó del complejo de culpa de Darío cuando escuchara el nombre de ella.

En el salón de espera, Lilian se sentó junto a la muchacha de la mochila. Quería hurgar en la madeja de coincidencias que había hecho posible su viaje.

"Yo soy la que compró el pasaje que cancelaste," comentó Lilian. "Si tu amigo hubiese venido, ahora yo estaría de vuelta para mi casa."

"Entonces él te transmitió su buena suerte," respondió la muchacha.

"¿Buena suerte? ¿Por qué?" se interesó Lilian.

"Porque él se encontró aquí en La Habana, de casualidad, con una novia de la adolescencia y reverdecieron los viejos amores. Dejaron de verse hace años, cuando uno de esos desencuentros los separó, y ahora no están dispuestos a perderse otra vez," dijo con entusiasmo la muchacha, como si ella fuese la protagonista del relato.

"Ojalá esa historia tenga un final feliz," comentó Lilian.

"Ya es una historia feliz, ¿no crees?"

"Tienes razón," aceptó Lilian. "Lo que ocurre es que yo soy pesimista. Fíjate si es así, que ahora mismo estoy casi convencida de que nuestro avión se va a caer en cuanto levante el vuelo, porque hoy es martes 13, y, que yo sepa, nunca se ha caído un avión un martes 13. Ya le toca, es un problema de probabilidades. Por tanto, te recomiendo que te quedes en tierra firme."

"¿Y por qué no te quedas tú?" inquirió la muchacha.

"Porque es mi sino montarme en ese avión, y contra eso no se puede," sentenció Lilian con voz funeraria. "Bueno, si te dijera cómo llegué a este aeropuerto no dudarías que fue mi destino quien me trajo hoy hasta aquí." Y de inmediato le hizo un resumen de lo ocurrido desde que el gato negro se le atravesara en su camino.

"Me cuesta aceptar que algo fuera de mis decisiones, vaya tejiendo toda mi existencia," comenzó a argumentar la muchacha, y durante un buen rato habló con pasión sobre el libre albedrío.

Más que por el discurso, Lilian se sintió atraída por la vehemencia con que la muchacha lo defendía. Además, le resultaban familiares el movimiento de aquellas manos, la forma en que entornaba los ojos y modulaba la voz. Tuvo la sensación de conocerla desde siempre. Lilian intercaló sólo un par de frases sobre las opiniones de su abuela acerca del tema. Por primera vez, se alegró de haber sido escogida para el viaje a Camagüey.

"He hablado como una cotorra. Debes estar mareada."

"No, qué va, si te he estado escuchando con atención. Cualquier signo de malestar va a la cuenta del calor insoportable. Este mes de julio me apabulla," dijo Lilian.

"Y, para colmo, yo me llamo **Julia**."

"¿Que tú te llamas Julia?" preguntó asombrada Lilian y como notó curiosidad en el rostro de la muchacha, añadió: "Es que una de mis películas favoritas es *Julia*. La he visto un montón de veces y no me aburre."

"¡Cómo aburrirse con Vanessa Redgrave y Jane Fonda haciendo de Julia y Lilian!" comentó Julia.

"He ahí lo curioso, yo me llamo Lilian. Mira tú qué coincidencia, ¿verdad?"

"¿Y eres escritora, como la Lilian de *Julia*? Porque entonces este sería un encuentro de película."

"No, no soy escritora, soy auditora, pero este encuentro lo vamos a celebrar por todo lo alto... que vuele el avión."

"Mientras no se cumpla tu vaticinio del martes 13," se burló Julia.

"Pensándolo bien, nada malo puede ocurrir, si la interpretación de las señales fuese otra. Mira, el gato negro, la auditoría, el reencuentro de tu amigo con el gran amor, la cancelación de su viaje, todo estaba predeterminado para iniciar la amistad entre esta Julia y esta Lilian." Y aunque Lilian dio un tono de broma a sus palabras, se preguntaba si acaso no sería cierto que el destino la había llevado a aquel aeropuerto para conocer a Julia.

La conversación entre ambas fluyó sin esas incómodas pausas que suelen llenarse, a falta de otro tema, con el del calor, la lluvia o la sequía. Hablaron de cine, de música, de literatura, de política, de sus trabajos, y cuando les anunciaron la proximidad del aterrizaje, Lilian imaginó otra escena con Darío, esta vez ella de regreso a La Habana, él esperándola en la pista del aeropuerto, al pie de la escalerilla, como en las películas, sorprendido por el ramo de flores que Lilian le entrega y por la frase de saludo: "Gracias, Darío, gracias por haberme mandado a Camagüey, el martes 13 de julio, en avión."

"El tiempo se me ha ido rápido," comentó Julia. "¿Y a ti?"

"Pues sí, volando, literalmente volando por los cielos."

"Ese chiste debió ser mío, te me adelantaste por un segundo," se lamentó Julia.

"Segundos son casi los que nos quedan para despedirnos y no hemos acordado cuándo nos vemos, porque vas a enseñarme tu ciudad ¿o sí?" dijo Lilian.

"¿Qué te parece si empezamos a recorrerla esta misma noche?" propuso Julia.

"Me encantaría, lo malo es que están esperándome para una reunión y ni idea tengo de a qué hora termine," explicó Lilian. "Supongo que mañana quede libre después de las cinco de la tarde. ¿Es buena hora para ti?"

"Perfecto. ¿Dónde te hospedarás?" quiso saber Julia.

"Todavía no lo sé."

"Entonces nos vemos en el parque Ignacio Agramonte, al lado de la Catedral. Está en el centro de la ciudad, le preguntas a cualquiera y te indica.

Voy a sentarme en uno de los bancos frente a la Biblioteca Provincial. No dejes de ir," pidió Julia.

"A las seis, parque Ignacio Agramonte, frente a la biblioteca," repitió Lilian. "No faltes tú, por favor, no derrumbes mi nueva teoría de cómo un gato negro y viajar un martes 13 pueden ser señales de buenos augurios."

La reunión de Lilian fue un tedio de discusiones hasta que, pasadas las nueve de la noche, alguien se condolió de ella y la llevaron al hotel. En la habitación, lamentó no haberle pedido a Julia sus señas.

El siguiente día fue más agotador. Lilian debió apelar a todas sus mañas hasta convencer a aquellos hombres de la justeza de un dictamen que los dejaba mal parados. Cuando terminó la reunión, Adrián, uno de los gerentes, le dijo: "Lilian, quisiera llevarte al hotel de Florida, para que veas cómo marchan los trabajos de remodelación. De paso te invito a almorzar y nos tomamos unas cervezas Tínimas. Con este calor no hay quien pueda. ¿Te has fijado que este verano ha hecho más calor que nunca?"

Lilian trató de determinar si la invitación tenía un carácter de ablandamiento artillero por el flanco de su condición de auditora o por el de mujer. Estaba acostumbrada a ambos ataques y tenía suficiente experiencia como para saber que más le valía aceptar y hacerle ver a Adrián lo inútil de su empeño, fuese cual fuese. Lo que más le preocupaba a Lilian era la hora, las dos y media de la tarde.

"Te acompaño si me prometes regresar antes de las seis. Quedé con una amiga en vernos a esa hora," fue la condición de Lilian.

"No te preocupes, de aquí a Florida es menos de media hora de viaje. Tenemos tiempo suficiente," prometió Adrián.

Nada de lo ocurrido durante la tarde se salió de lo previsible, aunque a Lilian le sorprendió la elegancia del trato de Adrián. Pensó que con un hombre como aquel, bien se podía pecar.

De regreso a Camagüey, el carro comenzó a fallar hasta apagarse. Adrián tranquilizó de inmediato a Lilian: "Esto lo resuelvo yo enseguida."

Sin embargo, no fue así y Adrián sudó mucho antes de conseguir arrancarlo. Lilian se sentía al borde del ataque de nervios. Repasó en su mente si había tenido alguna señal que vaticinara el desencuentro con Julia. Por el contrario, un 14 de julio debería ser un día memorable, con la

"Marsellesa" de fondo, cuando este presente se hiciera pasado.

En plena ciudad, el carro volvió a apagarse y Lilian, casi fuera de control, le preguntó a Adrián: "¿Queda muy lejos el parque Ignacio Agramonte?"

"A unas diez, quizás doce cuadras," y le indicó cómo llegar hasta allí. "Lo siento, Lilian."

"No te preocupes, has hecho todo tu esfuerzo. Mañana precisamos lo de mi viaje de regreso. No tengo apuro, total, estoy de vacaciones. Gracias por la compañía."

Lilian comenzó a caminar con paso rápido a las seis y diez. A minuto por cuadra, pensó, llegaría con menos de media hora de atraso, un tiempo dentro del rango de la impuntualidad nacional. Al llegar a la primera esquina vio, en medio de la calle, una herradura de caballo. Una herradura, el símbolo de la buena suerte, en su camino. La recogió y la apretó entre las manos, buscando nutrirse de la fortuna del metal. Ahí estaba la certeza de que todo iba a salir bien. Lilian volvió la cabeza hacia atrás y observó cómo se acercaba un bicitaxi. Se quedó extasiada contemplando su salvación en tres ruedas, un llamativo bicitaxi de dos plazas, adornado con una banderita canadiense, y un letrero que decía "Yo soy el Rey." Dos hombres se le adelantaron y montaron como par de reyes sin prestarle la menor atención a ella.

Lilian llegó al parque a las seis y veintiséis. Julia no estaba. Los bancos frente a la biblioteca vacíos. Lilian seguía con la herradura en la mano.

La sirena de una ambulancia sacó a Lilian de su estupor. Con un gato negro y un martes 13 no hay quien pueda, fue su conclusión. Botó la herradura y se alejó en dirección contraria a un grupo de personas conglomeradas cerca del parque.

Por creer en su mala suerte Lilian no se enteró de la espera de Julia sentada frente a la biblioteca; de su sobresalto al oír un estruendo y luego a alguien que exclamó: "¡Un camión le pasó por encima a un bicitaxi!"; de cómo imaginó a Lilian montada en aquel bicitaxi; tampoco supo del estremecimiento de Julia ante el amasijo metálico coronado por una banderita canadiense y un letrero que decía algo de un Rey; de su alivio cuando supo que no había ninguna mujer en el accidente. Y Lilian no vio a Julia regresar al parque, decidida a seguir esperándola, aunque ya eran las seis y veintisiete minutos de la tarde.

ANNIVERSARY
ANIVERSARIO

ANNIVERSARY

There was some dispute about who'd been the first to bring up the initiative, but the idea could easily have come from any one of them. What was certain was that at one of their impromptu parties Margarita, Tony and Mario all agreed they should celebrate the twenty-fifth anniversary of the inauguration of the College Preparatory Institute where they had studied in Havana. A quarter century had gone by since they first met. That was certainly reason to celebrate.

The three of them called themselves "the organizing committee" and took charge of establishing guidelines to govern the festivities when they and their classmates would reconnect. Tony's house, the general headquarters for their meetings, would be the site for the event. They had seven months of preparation ahead of them.

The organizers decided to convene fellow classmates and the founding professors who were living in the country, no matter what city they were in. Those in other places would hear about it later since it would be in poor taste to invite them to a party they couldn't attend. And, no doubt, the non-attendees would be happy when they heard about it, saw photos and even received the invitation as a memento.

The topic of significant others generated plenty of discussion. Allowing the presence of anyone not directly connected to the school had the potential to jeopardize spontaneity, but excluding them from the reunion could pose problems. Mario came up with an intelligent solution: each invitee could bring one adult guest.

Then there were the lists. They made lists by group and by department, until they had the ninety-seven students and fifteen professors all in a database with places to input their names, where they were from, courses of study, addresses, occupations and telephone numbers. Email and the Internet facilitated the search. Only two people seemed to be completely out of reach, perhaps swallowed up by the earth, either metaphorically or literally.

The planners took singular pleasure in designing the invitation. Their cover was conventional, with a reminder of the anniversary, but inside each invitation was a cutout of the recipient's face thanks to computer apps and photos that had been preserved since graduation day. Underneath was an inscription surrounded by musical notes and the unforgettable line, "Yesterday, all our troubles seemed so far away," and then the details: date, time, place and the message: only one guest (better yet no guest), no minors allowed, ideas welcomed, spread the word, don't miss it!

Thirty members of the founding group "reported for duty," that is to say came in person on the night of the celebration. Six sent messages of support and explanations for their absence. There were some from the Institute days that no one could recognize until hearing their names. Others looked just like they had back then, displaying an eternal youth, perhaps because of some pact with the Devil. The guests hid their boredom behind weary and comprehending smiles. They'd heard the stories and jokes so many times before that they almost knew them by heart.

The fashion show put together unbeknownst to the organizers was a huge success. It featured clothing and hairdos from the past, the modeling style popular back then and the same familiar melodies in the background. At the conclusion, Edilia and Julio came out holding hands and wearing school uniforms, to the applause and merriment of all.

They ate, drank and put on musical hits from their school days. And of course they played a combination of truth or dare and spin the bottle, with everyone sitting in a circle on the floor. The questions that had to be answered by those sitting where the bottle neck stopped were designed to uncover mysteries from the past: secret affairs, first loves, loss of virginity, fears, hopes, pranks, indiscretions, mischief and lies.

A guitar and a set of *claves* appeared as if by magic, tables turned into drums and a frenzied excitement took hold. They sang songs at the top of their lungs that they remembered from "Fifa's Combo." It didn't matter if a note was off-key or a word was left out. The important part was to sing, shout and even cry.

When alcohol and exhaustion had taken their toll, someone suggested calling Fifa so she'd know about the reunion and realize they'd not forgotten her or anyone else in the group. Although they might be separated by the longest ninety miles geographically speaking, they were also the shortest ninety miles.

Margarita was the one who made the call. Everything was set up so they could hear the conversation on speakerphone. Fifa was thrilled by the call and right away told Margarita that she herself had just arrived from a party celebrating the twenty-fifth anniversary of the Institute. Fifa went on to tell about the ones who'd attended, both students and professors, about the ones who had gotten chubby and the ones who'd stayed the same, about the things they'd discovered in the spin-the-bottle game, about the dressing up and about how much fun they had when she took out her guitar and improvised the "Fifa's Combo" songs. Before telling about their part Margarita asked where the event had been held.

"At the Institute itself," said Fifa. "We actually were able to meet right on the school grounds. I'll send you photos."

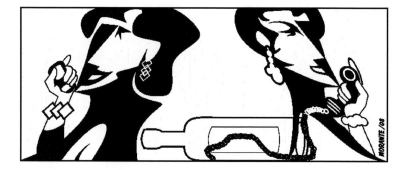

ANIVERSARIO

Se disputaban el privilegio de a quién se le había ocurrido primero la iniciativa, aunque una idea como aquella bien podía ser hija de cualquiera de ellos. Lo cierto fue que en una de esas fiestas improvisadas, Margarita, Tony y Mario acordaron celebrar el vigésimo quinto aniversario de la inauguración del instituto preuniversitario donde habían estudiado en La Habana. La cuarta parte de un siglo transcurrido desde que se conocieran. Como para celebrar.

Ellos tres, auto titulados "el comité organizador," se encargaron de sentar las pautas que regirían el encuentro. La casa de Tony, cuartel general de reuniones, sería el sitio del festejo. Por delante, siete meses de preparación.

Decidieron convocar a condiscípulos y profesores fundadores que vivieran en el país, sin importar en cuál ciudad. A los que estaban en otros lugares ya les dirían después. Sería de mal gusto invitarlos a un jolgorio al que no podrían asistir. Una alegría, en cambio, cuando les contaran y recibiesen las fotos y hasta las invitaciones como recuerdo.

El tema de los acompañantes se discutió mucho. La presencia de intrusos podría impedir la espontaneidad de la reunión, pero excluirlos era un peligro para el encuentro. Mario dio una salida inteligente: aceptarían un acompañante por invitado, mayor de edad.

Listas, hicieron listas, por grupo, por cátedra, hasta registrar los noventa y siete estudiantes y quince profesores en una base de datos que daría entrada a nombres, lugares de procedencia, carreras universitarias, direcciones, ocupaciones, teléfonos. El correo electrónico y la red de redes facilitaron la tarea de localización. Sólo se les escaparon dos a quienes se los había tragado la tierra, metafórica o literalmente.

Disfrutaron mucho el diseño de la invitación. Portada convencional con el recordatorio del aniversario. En el interior, el rostro del destinatario recortado, por obra y gracia de la computadora, a partir de las fotos que conservaban desde el día de la graduación. Debajo, una inscripción rodeada de notas musicales, *Yesterday, all our troubles seemed so far away,* y luego las precisiones, día, hora, lugar de la cita, máximo un acompañante (mejor ninguno), prohibida la entrada de menores, se aceptan iniciativas, pasa la noticia a los del grupo, ¡no faltes!

Treinta miembros del clan fundador reportaron a filas en persona la noche del convite, seis enviaron mensajes de adhesión y sus excusas por la ausencia. Hubo a quienes nadie logró reconocer hasta no escuchar sus nombres. Otros, casi igualitos que antaño, gozaban de una eterna juventud tal vez pactada con el diablo. Besos, abrazos, risas, fotos, bromas, historias del pasado común. Los acompañantes apenas simulaban el aburrimiento tras una sonrisa de comprensión. Tantas veces habían escuchado aquellas anécdotas que ya se las sabían de memoria.

La pasarela preparada a espaldas de los organizadores fue un éxito. Vestimenta y peinados al estilo de antaño, la misma forma de modelar de entonces, las mismas melodías de fondo. Al final, Edilia y Julio, cogidos de la mano, exhibieron el uniforme del preuniversitario ante los aplausos y la algarabía de todos.

Comieron, bebieron, pusieron música del recuerdo. No faltó el juego de "La verdad," con la botella girando en el centro de la rueda que hicieron sentados en el piso. Las preguntas que respondieron quienes fueron señalados por el pico de la botella se remitían a despejar incógnitas del ayer. Los amores secretos. La primera declaración. La virginidad. Los miedos. Las esperanzas. Las travesuras. Los desacatos. Las mentiras.

Una guitarra y unas claves aparecieron como por arte de magia, las mesas se convirtieron en tambores, y entonces fue el delirio. Corearon a voz en cuello las canciones de siempre, las del "Fifa's Combo." Qué más daba una nota discordante, una palabra cambiada. Lo importante era cantar, gritar y hasta llorar.

Cuando el alcohol y el cansancio habían hecho lo suyo, alguien sugirió llamar allá, a Fifa, para que supiera de aquella reunión, que no la olvidaban, ni a ella ni a ninguno del grupo. Aunque los separaran las noventa millas más largas de la geografía, eran también las más cortas.

Fue Margarita quien hizo la llamada. Todo dispuesto para se oyera la conversación por unas bocinas. Fifa se alegró mucho y enseguida le dijo a Margarita que acababa de llegar de la fiesta por el aniversario veinticinco de la fundación del preuniversitario. Y Fifa le contó de los que habían asistido, alumnos, profesores, de los que estaban gordos, de los que se mantenían igualitos, de cómo se había enterado de cosas en el juego de "La verdad," de los disfraces, de cuánto se habían divertido cuando ella sacó su guitarra e improvisaron el "Fifa's Combo." Antes de relatar su parte, Margarita preguntó dónde se habían reunido. En el preuniversitario, fue la respuesta de Fifa, consiguieron reunirse en el mismísimo preuniversitario. Ya le mandaría las fotos.

THE PATIENT
LA PACIENTE

THE PATIENT

She didn't recognize me that morning in the hospital. There wasn't a glimmer of recognition, even though she'd told me when we met just a few months back that I had an unmistakable Greta Garbo face. For my part, I recognized her as soon as I saw her in spite of my nervous apprehension and was delighted when the girl at the front desk indicated that she was the doctor I was looking for. As I approached I waited for some acknowledgement of our previous connection, but she seemed not to remember it. Seeing her in a white physician's coat was intimidating, and I found it impossible to get past my shyness. I handed her the paper from the clinic, she read it in routine fashion and she told me to come back the next day in the afternoon.

I recognized her at once. That morning, as I was leaving the doctor's rotation, I spotted her stationed in the hallway and had the same impression as when we first met: Here was Greta Garbo, just as she looked in her screen role as Marguerite Gautier, and she was entering my life thanks to a sort of Woody Allen alchemy. I started toward her ready to repeat the question: Was she a double of the actress or the original? But I hesitated when she addressed me by my last name, preceded by a respectful "Doctor" rather than my first name. It was obvious she didn't remember me. Somehow I managed to exercise complete control, giving no evidence of my consternation, as I read the referral and scheduled her for my next open date.

She made me wait. Even though I arrived early and stood in front of her door so that she'd see me when she entered the office, she made me wait. She passed right by me, offering a simple "Good afternoon," followed by a perfunctory, "Have a seat, I'll call you." I kept wondering why she didn't recognize me. Could it be because of my weight loss? Perhaps she'd recognized me and preferred not to acknowledge the connection because of a professional code of ethics. Was she upset because I hadn't called her like I promised when we said goodbye that night? I was wrapped up in those thoughts and not paying attention to my surroundings when the woman seated next to me asked if I were coming in for the first time. That opened the way for her to tell me her story and the stories of other patients who were waiting, and that's how I found out that they'd all had to sacrifice an organ or body part to stay alive. I began to foresee how my own story might turn out.

I hadn't wanted to make her wait. The day before, I should have said that I'd see her at the end of the afternoon to allow ample time with no interruptions. It made me sad to see her leaning against the door frame, anxious, with the expectation of being one of the first to be seen. Since the harm was already done, the only thing that I could think of was to ask her to sit down and let her know that she'd have to wait. She took a seat on a nearby bench, which allowed me to observe her obliquely through the slanted glass panes of the window. Even though she had lost weight her face still had all the attractiveness of that ambiguous beauty that was impossible to forget—a face so different from mine. I thought of my own face, ordinary, although not unattractive in its plainness. I preferred to refrain from telling her who I was, to spare her the embarrassment of not recognizing me and at the same time to assuage my level of discomfort in having her as a patient. If I were to recall the time we first connected, it would also remind her that she had not kept her promise to call me. One of the times when I looked out, I saw her talking to a patient who had been operated on recently. She's getting an inkling of what's in store for her, I said to myself, a prognosis that ideally should have been presented in a different manner.

She scarcely looked at me. I couldn't complain about her treatment at that first consultation. She was kind and explained the steps that we would follow to determine the diagnosis. Nonetheless, she hardly looked at me. She seemed another person entirely. At Teresa's party she cracked jokes with me and looked me straight in the eye. She even sketched the dazzling script for a film. I would play the lead role of a woman mobbed by thousands of fans because of her resemblance to a famous actress. I'd never seen such an extravagant imagination. So I was really sorry to have lost the little slip of paper that had her telephone number. Watching her at work as a doctor, no one would suspect how much passion was hidden behind that calm demeanor. There was just one moment, when I was giving her my personal data for the hospital registration, that I had the impression she might reveal her other side. She stopped speaking so formally, looked right into my eyes and said: "There's no way that you could be living on a street with a dreary name like *Soledad*, how could a woman like you live on Lonely Street?" The way she said it and her tone of voice projected a complete departure from the previous formality.

I barely looked at her during that first consultation for fear that she would identify me. It would've been a disaster. How could I explain why I hadn't acknowledged that I knew her? I felt like asking if Greta Garbo was still accusing her of being an imposter and if the actress had threatened her with death, just like in the film I invented at Teresa's party and that she had enjoyed so much. Yet I dispensed with jokes and resorted to orthodox methods to help her calm down. But I almost betrayed myself when she told me her address on *Soledad* Street. At least I restrained myself from saying that I'd have bet anything that she lived on a street with a sunny name like *Sol*, a bright name like *Luz*, or a luminous name like *Estrella*.

She made me feel safe. In spite of confirming of my diagnosis, she made me feel secure. And that was even while she told me about the difficult things to come, like what to expect in the operation and the consequences of the various drugs that would be used in treatment. She spoke at such length about the patients she'd treated with success that she infused me with her own confidence. As the days of office visits and tests went by, her presence became indispensable, and it was not just because of her credentials as a physician and the white lab coat that confirmed her knowledge and experience. In spite of my reticence, I would like to have gotten closer to her. I needed that closeness. If I failed to do so it was because I feared my interest might be mistaken for a circumstantial dependency. I thought there'd be time later to resuscitate that special connection we had once shared.

I put great effort into making her feel secure and offered ample doses of hope. I know all too well the importance of warding off surrender to the inevitable. And I succeeded, although I knew how improbable it would be for her to last more than six months, even after an operation. More than once I repeated to myself the dictum I had learned in the first year of medical school: "There are no diseases, only patients." I hoped she might be the exception that would prove the rule, and for some reason she seemed like the exception, because of her integrity. She was completely devoid of pretense and posturing, and unlike many patients in similar situations she didn't establish any type of dependency on me.

She won't be operating on me. She'll be gone for a month of vacation, something unforeseen, and won't be doing the operation. After all these weeks of treating me, helping me and advising me, she won't be at my side at the most crucial moment. For her, I'm just one more patient. If that weren't the case, she would be there for me. I had decided to tell her who I was after the operation and explain about the lost slip of paper. But it was naïve of me to imagine that she would be willing to deal with what she knows all too well, an imperfect body and the ghost of an illness ruining the future. Perhaps it's better this way. I myself don't know if I'm capable of sharing my life with someone else. Rather than face rejection or pity, I'll choose loneliness.

I won't perform the operation. I simply can't do it. I explained that a last minute personal problem had come up and that I would be away for a month of vacation. Someone I trusted would take my place in the operating room. After the operation I would try to help her because the worst was yet to come. She would have to accept living with an incomplete body and the rigors of a treatment that would probably be ineffective. If it were up to me I would stay by her side, I would invent the most incredible stories. I would take away the last four letters of the street name *Soledad*, changing it from solitude to sun. But I know that she would have misgivings and believe I was doing it out of pity. And if she were to accept me it would be to latch on to a safety ring. I can't stop obsessing about what might have happened if she had called me after the party. Perhaps we could have spent time—now past— that now we won't be able to share.

LA PACIENTE

No me reconoció. Aquella mañana, en el hospital, no me reconoció. Ni siquiera porque unos meses antes, al ser presentadas, me dijo que mi rostro se daba un aire al de Greta Garbo. Yo sí la identifiqué en cuanto la vi, a pesar de mi nerviosismo, y sentí alegría cuando la muchacha de información la señaló como la doctora a quien yo estaba buscando. Me dirigí a ella y esperé de su parte algún comentario sobre nuestro encuentro anterior, pero no dio muestra de recordarlo y su bata blanca resultó demasiado impresionante para mi timidez. Le entregué el papel del policlínico, lo leyó como parte de una rutina, y me citó en su consulta al otro día por la tarde.

La reconocí enseguida. Aquella mañana, al salir de la entrega de guardia, la distinguí apostada en el pasillo. Experimenté la misma sensación que cuando nos conocimos: la Garbo, salida de la pantalla en el personaje de Marguerite Gautier, se insertaba en mi vida gracias a una alquimia al estilo Woody Allen. Fui hacia ella, dispuesta a repetirle la pregunta de si era la doble de la actriz o el original. No lo hice por la turbación al escucharla pronunciar mi apellido, no mi nombre, precedido por un respetuoso "doctora." Resultaba obvio que no se acordaba de mí. En un alarde de control, no manifesté mi consternación al leer la remisión, y le di turno para mi próxima consulta.

Me hizo esperar. Aunque llegué temprano y me paré ante su puerta de modo que se cruzara conmigo al entrar al cubículo, me hizo esperar. Pasó a mi lado, dio las buenas tardes y agregó un escueto "siéntese, yo la llamo." Seguía sin comprender que no me reconociera. ¿Sería por la pérdida de peso? ¿Acaso sí me recordaba y prefería no demostrarlo por ética profesional? ¿Estaría disgustada porque no la llamé como le prometí al despedirnos aquella noche? En esas reflexiones andaba yo, sin prestar atención al entorno, hasta que la mujer sentada a mi lado me preguntó si asistía por primera vez a la consulta. Y esa fue la justificación para contarme su historia y las de otras que aguardaban junto a nosotras. Así supe cómo habían ido perdiendo pedazos de sus cuerpos por salvarse aunque estuvieran mutiladas. Así se me anticipó la que podría ser mi propia historia.

No hubiera querido hacerla esperar. El día anterior debí advertirle que la atendería al final de la consulta para disponer de todo el tiempo necesario y sin interrupciones. Me dio pena verla recostada al marco de la puerta, ansiosa, con la esperanza de ser de las primeras en entrar. Como el mal ya estaba hecho, a lo único que atiné fue a pedirle que se sentara, dándole una señal indicativa de la espera. Buscó asiento en un banco cercano, lo que me permitió observar de soslayo su imagen fraccionada por las tablillas de la ventana. A pesar de que había adelgazado, su rostro mantenía ese atractivo de la belleza ambigua, imposible de olvidar. Tan distinto al mío, anodino hasta en su carencia de fealdad. Preferí no identificarme, ahorrarle la pena de no haberme reconocido y, de paso, la incomodidad de ser mi paciente. Si le recordaba nuestro encuentro, también le recordaría que había incumplido la promesa de llamarme por teléfono. Una de las veces que miré hacia afuera la vi escuchando a una recién operada. El vislumbre de lo que podría ser su futuro, pensé, debió ocurrir de otra manera.

Apenas me miró. No tuve queja de su trato en esa primera consulta. Fue gentil, me explicó los pasos que seguiríamos para precisar el diagnóstico, sin embargo, apenas me miró. Parecía otra persona. En la fiesta de Teresa bromeó conmigo mirándome siempre a los ojos, y hasta esbozó el alucinante guión de una película. Yo haría el personaje protagónico de una mujer asediada por miles de fanáticos dado su parecido con una actriz famosa. Nunca había visto yo un derroche de imaginación igual. Por eso lamenté tanto el extravío del papelito donde anoté su número de teléfono. Observándola en su desempeño como doctora, nadie sospecharía cuánta pasión se escondía tras esa apariencia sosegada. Solo hubo un momento, mientras le daba mis datos generales para la inscripción en el hospital, en que tuve la impresión de que iba a mostrar su otra cara. Dejó de tratarme de usted, me miró a los ojos y dijo: Es imposible que tú vivas en la calle Soledad. La frase y el tono de su voz se salían de aquel interrogatorio formal.

Apenas la miré durante la primera consulta por temor a que me identificara. Hubiera sido un desastre. ¿Cómo explicarle por qué no la había reconocido? Deseos no me faltaron de preguntarle si Greta Garbo seguía acusándola de impostora y si la había amenazado de muerte, como en la película que yo le inventé en la fiesta de Teresa y que tanto le gustó. Prescindí de las bromas y apelé a recursos ortodoxos que me permitieran tranquilizarla, mas casi me traiciono cuando al saber su dirección, exclamé que era imposible que viviera en la calle Soledad. Me contuve de decir que yo hubiera apostado a que ella vivía en Sol, en Luz, o en Estrella.

Me dio seguridad. A pesar de la confirmación del diagnóstico, me dio seguridad. Y eso que habló de cosas difíciles, como las características de la operación y las consecuencias de los sueros. Comentaba tanto los casos de sus pacientes tratadas con éxito, que me transmitía su confianza. A medida que transcurrieron los días de consultas, de pruebas, su presencia fue haciéndose imprescindible para mí, no solo por el abrigo que brindaban sus conocimientos y experiencia. Pese a mi cortedad, me hubiera acercado más a ella. Lo necesitaba mucho. Si no lo hice fue porque temí a la confusión de mi interés con una circunstancial subordinación. Pensé que ya tendría tiempo de intentar el rescate de la atmósfera de aquella simpatía una vez compartida.

Puse todo mi empeño en darle seguridad, en infundirle esperanzas pues conocía la trascendencia de impedir la rendición ante lo inevitable. Y lo logré, aunque yo sabía cuán improbable era una sobrevivencia de más de seis meses aun sometiéndose a la operación. Más que nunca me repetía el lema aprendido desde el primer año de la carrera: "No hay enfermedades, sino enfermos," esperando que ella fuese una de las excepciones capaces de quebrar la regla. De alguna manera se comportaba como una excepción, por su entereza desprovista de impostaciones, y, a diferencia de muchas pacientes en situaciones semejantes, no estableció ninguna relación de dependencia conmigo.

No me operará. Saldrá un mes de vacaciones, por un imprevisto, y no me operará. Después de todas estas semanas tratándome, ayudándome, aconsejándome, no estará a mi lado en el momento más difícil. Pero para ella soy sólo una paciente más, de lo contrario se quedaría conmigo. Me había hecho el propósito de identificarme después de la operación, y contarle la fatalidad del papelito extraviado. Fue ingenuo imaginar que estaría dispuesta a enfrentar lo que tan bien conoce, un cuerpo imperfecto y el fantasma de la enfermedad arruinando el futuro. Tal vez sea mejor así. Ni yo misma tengo idea si seré capaz de compartir mi vida con alguien. Antes que el rechazo o la lástima, elijo la soledad.

No la operaré, soy incapaz de hacerlo. A ella le dije que por un problema personal de última hora saldría por un mes de vacaciones y que alguien de mi confianza me sustituiría en el salón. Después de la operación, trataré de ayudarla porque lo peor estará por llegar, cuando ella deba asumir su cuerpo incompleto y el rigor de un tratamiento probablemente ineficaz. Si por mí fuera, me quedaría a su lado, le inventaría las más increíbles historias, tacharía las últimas cuatro letras de todos los letreros de la calle Soledad. Mas sé que pondría reparos, creería que lo hago por lástima, y si llegara a aceptarme sería por aferrarse a mí como a una tabla de salvación. No deja de obsesionarme la pregunta de qué habría ocurrido si ella me hubiese llamado después de la fiesta. Tal vez habríamos dispuesto de un tiempo que no pudimos, y ya no podremos, compartir.

MAY ALLAH PROTECT YOU
QUE ALÁ TE PROTEJA

MAY ALLAH PROTECT YOU

The sound made me uneasy. I couldn't tell where it was coming from or what it meant. As it intensified I was able to make out that it was something like a song, or a man chanting a litany, and I felt a mixture of fear and intrigue. The unknown can seem threatening and attractive at the same time. As the voice filled the space around me, I could feel my ears tingle and my skin prickle. Curiosity gave way to fright. The sounds became more and more mysterious, in a language I couldn't understand. In spite of the darkness of the surroundings, I tried to get away and quickened my pace while trying not to give in to panic. I kept thinking to myself, "If I can't see *him, he* can't see me." And that conclusion sent me running toward a site where, to my surprise, the chanting was even louder.

I woke up with a start, all sweaty and not recognizing the room in the semi-darkness. Utterly strange moments like this one seemed to confirm my premonition that any day without warning we could be catapulted into another reality. And that reality would shatter our connection with routines that, whether happy or miserable, were at least familiar. In front of me and a little to the right, instead of the door to my room, was a chest of drawers with a mirror on the upper part. The hollow in the middle of the bed wasn't the right shape, and when I stretched out my arm I found only sheets and no evidence of my customary companion. As I was getting up and looking for my shoes, my feet touched the plush of an unknown rug. I searched in vain for the switch to turn on the lamp, and at that moment a light came on in my head. I was spending my first night in Ethiopia, in room 509 of the Africa's Hotel, more than fourteen-thousand kilometers from Cuba. I looked at the clock. It was five o'clock in the morning.

After I calmed down, I again could hear the plaintive voice of the dream. I went to the window but found no indication of the source of the strange song that surely was waking up the entire city. I had completely forgotten the presence of Rafaela, my roommate, who was sleeping on the other bed in the room, until she said: "It's nothing to be afraid of. What you're hearing is the Muslim call to prayer, calling the faithful to the first prayer of the day."

"What, they pray here in the hotel?"

"Of course not. They pray in a nearby mosque that has loud speakers."

Rafaela was a veteran and knew everything there was to be known about Ethiopia. After finishing her vacation time in Cuba, she was back to complete her last year of mission work. In Addis Ababa, we were waiting to depart for our work locales. She would go to Harare, toward the east, to continue her work as a pediatrician, while I would teach Physiology in Jimma, in the southwest of the country.

That morning a group of us, the rookies, went out with Rafaela to walk toward the market near the hotel. As we entered a spacious avenue crowded with vendors, we came face to face with the mosque, an enormous temple with yellow painted walls that extended over an entire block. At the top were two blue domes with the Islamic symbol of a half moon above each one. The smaller dome topped the larger one because it was situated on a tower. I imagined a man high up in that spot at five in the morning calling the believers to unite in prayer to Allah.

The large door at the entry way allowed us to catch a glimpse of the interior courtyard that was as full of people as the market. At that point I determinedly invited my companions to go in and take a look, but Rafaela warned us: "Don't even think about it! Infidels are not permitted to enter the mosques."

"You mean I can't enter the mosque?"

"Not unless you can pass for Muslim…"

I remembered the movie *Yentl*, where Barbra Streisand disguises herself as a man so that she can attend a study center that's closed to women. I could see myself passing not as a man but as a Muslim woman covered with black veils. The problem would arise, however, when I was inside the mosque and would find myself obliged to participate in rituals completely unfamiliar to me.

Later on I found out that one could visit mosques by getting permission. The exception, I was told, was the Great Mosque of Mecca. No one would give a dime for the life of an unbeliever who was found inside that mosque looking at the sacred stone. And even though I had never thought of going to Saudi Arabia, I was enraged by the exclusionary discrimination. It was another example of prejudice, and I had seen many in my lifetime, not to mention what I had suffered in the flesh. Right then I resolved to go to battle and see that mosque in Jimma, even if it meant I had to convert to Islam.

It didn't take long for me to realize that the challenges of my work in Africa went far beyond the goal of entering a mosque. In the classrooms of Jimma's Institute of Health Sciences, forty-eight demanding and stern judges were waiting for me. To establish effective communication with the Ethiopian students, I would need to overcome obstacles I had never faced before. My being a foreigner made for a certain distance between us and, what was worse, a lack of trust. For my students who were accustomed to pursuing cultural studies in English, my difficulties in expressing myself in that language might be taken as ignorance. For a woman in an African country with a strong Muslim influence, doors were not going to be opened, much less those of mosques, so that one might pray for a little tolerance. Besides, my diminutive stature ended up confirming my disadvantaged position for the majority of the students, with the possible exception of the three girls in the class.

I confess that my zeal to become as Ethiopian as possible began with purely professional motives. It was the best way to reach my students. But then the whole country began to fascinate me. A culture so different from mine challenged me with its secrets. Perhaps for this reason, I made a special effort to understand, from my stance as an inveterate atheist, the religiosity of the Ethiopian people. My efforts at assimilation were rewarded, and I saw more of Ethiopia as little by little the veils that covered its face were lifted.

I found out that half of the population was Christian, belonging to the Coptic or Catholic churches, and that the other half adhered to Islam. Nonetheless in Jimma there were few Muslims, and in my class there were only four, one of whom was Jemal, head of the classroom and liaison with the professors. I was struck by the fact that such a leadership role was held by someone in the minority until I realized that Jemal was the most intelligent, most generous and most polite of the students. He simply was the best at everything.

One day at the end of class, I ventured to ask for Jemal's assistance to visit the town's mosque. And that young man, who was half as old as I and almost twice as tall, seemed genuinely pleased by my interest in his religion and promised to help.

From that moment on, Jemal became my teacher about Muslim customs. Thanks to him I learned how to recognize an Ethiopian Christian from a Muslim by their form of greeting. Christians shook hands or kissed on the cheeks, like the French do. Muslims embraced, lightly bumping shoulders—first the right one and then the left—or clasped right hands, palm to palm, allowing each hand to be kissed on the back. Whether for Christians or Muslims, the greetings were repeated as many times as the degree of acquaintance warranted.

From Jemal I learned that one of the Muslim obligations was to pray several times each day facing Mecca, which was located north-northeast of Jimma. With this piece of information, wherever I was in the town, I could orient myself geographically without a compass or an astral chart and know in which direction Cuba lay. All I had to do was to observe a Muslim praying and if I made a ninety-degree turn in relation to his position, I would be facing the Caribbean.

I ascertained that Jemal was not a very orthodox Muslim. He didn't pray five times a day, because that would have taken too much time away from his studies, not just the time it would take to say the prayers but also the time required for ablutions: he would have to wash his face, hands and feet before each session of prayers from the Qur'an.

For Ramadan, the month of fasting practiced by followers of Mohammed, there was no eating, smoking or even drinking water from daybreak until nightfall, as long as the sun shone, and I became worried observing the physical effects on *my* Muslims. By that time they were *my* students, *my* girls, *my* boys, *my* Christians and *my* Muslims. On the fifteenth day of the fasting, I happened to see them in a cafeteria at noon on a day when the sun was crackling hot and bearing down hard even on the sacred stone of Mecca. There they were eating vegetables and drinking cold soft drinks. To my surprise, Jemal just laughed and told me that surely Mohammed had never been in Jimma, nor had he had a professor like me who obliged her students to expend so much energy studying.

Every so often I would ask Jemal when we'd be able to visit the mosque, and he always responded with a smile and "Don't be in such a hurry, professor, I'm working on getting permission."

In the meantime I would gaze at the mosque from the outside. It was smaller than the one in Addis Ababa but equally enticing, and I had to control my impulse to simply cross the threshold of the main door and walk right in.

On the few occasions that I led Jemal to the thorny topic of the role of women in his religion, I sensed that he was not very orthodox in this regard either, although perhaps that was wishful thinking. I inquired about the same topic with my female students, and they recounted tales of suffering in a country of brutal *machismo*. There was no difference between Christians and Muslims: all male Ethiopians looked down on women. Next to Jemal, nonetheless, they felt comfortable and not like fifth-class citizens.

From time to time, from my privileged position, I was a voice of retaliation, taking up the cause of my female students, and not missing an opportunity to highlight Rahel's intelligence, Alem's tenacity and Aída's beauty. After all, they were *my* young women. I could always feel Jemal's approval and solidarity in my little reprisals.

Toward the end of the course I'd begun to lose all hope of entering the mosque and had stopped asking Jemal how the request for a visit was going. On the day of the final exam, I took a Bible and read from Ecclesiastes the verse that says, "To everything there is a season, and a time to every purpose…" (3,1). I apologized to my Muslim students that I had not found a copy of the Qur'an in English, but in wishing everyone, "God Bless you, both Christians and Muslims," I knew that Jemal understood, and I guessed that in his eyes there was a "May Allah bless you, Professor."

After the exam was over, Jemal told me very contentedly that they had authorized him to take me to the mosque. The appointed time was for the following day.

I could hardly sleep that night with the imminence of the long awaited visit before me. I could imagine it all: the solemn atmosphere of the temple and the satisfaction of the young man in having been able to satisfy my request. I envisioned myself discovering one of the hidden faces of Ethiopia, one that I had made such an effort to see.

At the appointed time, Jemal arrived elegantly dressed. He was wearing a beautiful Muslim cap, and underneath his arm was a small rug for him to use while he prayed. At the break of dawn we were in front of the mosque, and I was astonished by the throngs of believers who were already filling the place. Jemal asked me to wait outside so that he could announce my presence. After a few minutes he returned, looking a little pale and nervous with the news that it would be impossible to enter the mosque that day. Seeing him so perturbed by the setback, I felt sorrier for him than for myself. I decided to go home and put behind me what had turned out to be an embarrassing situation for both of us.

As I had done so many times before, I held out my hand to say goodbye, but Jemal responded to the gesture by taking a step backward, as if he were afraid of me. At that moment fourteen centuries of Islam came crashing down upon me: the weight of traditions, the black garments, the veils and the humiliations endured by Muslim women everywhere. It made no difference that I was Jemal's beloved professor, the Cuban who wanted to be Ethiopian, and the one who had been at his side to teach and to learn. He hid his hands in the prayer rug and begged my pardon because he had already carried out his ablutions. If he touched a woman he would be sullied and have to repeat the cleansing. Thus I saw another side of the enigma that had stayed with me since the long-ago morning in Addis Ababa, the day when I first heard the mysterious sounds of the Muslim call to prayer and had wanted to enter a mosque.

Jemal made another gesture. With his foot he swept aside some pebbles on the ground, avoiding my look and perhaps feeling ashamed. I wanted to keep believing in him and I called out: "May Allah bless you, Jemal!" Although I was really thinking: "May Allah protect you, Jemal, from your own traditions."

QUE ALÁ TE PROTEJA

Aquel sonido comenzó a inquietarme. No podía precisar de dónde provenía ni su significado. Al hacerse más intenso identifiqué algo así como el canto, la letanía de un hombre, y sentí una mezcla de miedo e intriga. Lo desconocido puede erguirse amenazante y atractivo al mismo tiempo. Mientras la voz iba inundándolo todo, golpeándome los oídos y hasta la piel con una tonada cada vez más misteriosa y un lenguaje incomprensible, la curiosidad cedió ante el temor y, a pesar de la oscuridad que me rodeaba, intenté huir. Apuré el paso tratando de no evidenciar mi pánico. De todas formas, pensé, si yo no *lo* veo, tampoco *él* puede verme, y esa conclusión me lanzó a una carrera hacia un sitio donde, para mi sorpresa, la letanía se escuchaba más fuerte aún.

Me desperté sudorosa, con el sobresalto por no reconocer aquella habitación en penumbras. Extrañamientos como ese vendrían a confirmar la premonición de que algún día podríamos ser catapultados a otra realidad, quebrándose el retorno a nuestras rutinas, felices o desgraciadas, pero conocidas. Frente a mí, un poco a la derecha, en lugar de la puerta de mi cuarto había un gavetero con un espejo en su parte superior; el hueco de la cama tenía una forma diferente a la de mi cuerpo; el brazo extendido sólo encontró sábanas y la ausencia de la acostumbrada compañía; al incorporarme, mientras buscaba los zapatos, mis pies no reconocieron la felpa de una alfombra. Busqué en vano el interruptor de encender la luz y en ese momento otra claridad iluminó mi desordenada mente. Recordé que estaba pasando mi primera noche en Etiopía, en la habitación 509 del Africa's Hotel, a más de catorce mil kilómetros de Cuba. Miré el reloj: cinco de la mañana.

Luego de tranquilizarme, volví a escuchar la misma voz plañidera del sueño. Me acerqué al ventanal de cristales, mas no hallé indicio alguno de la procedencia del extraño canto que seguramente despertaba a toda la ciudad. Yo había olvidado por completo la presencia de Rafaela, mi compañera de cuarto, acostada en la otra cama de la habitación, hasta que ella dijo: "No te asustes. Eso que escuchas son rezos musulmanes convocando a la primera plegaria del día."

"¿Y es aquí, en el hotel, donde rezan?" pregunté.

"Por supuesto que no. Rezan en una mezquita cercana, con altoparlantes."

Rafaela era toda una veterana en asuntos etíopes. Después de unas vacaciones en Cuba, ella regresaba a Etiopía para cumplir con su último año de misión. En Addis Abeba, esperábamos la salida para nuestros lugares de ubicación: ella iría a Harare, hacia el este, para continuar su labor como pediatra, mientras yo enseñaría Fisiología en Jimma, al sudoeste del país.

Esa mañana, un grupo de novatos salimos con Rafaela a caminar hasta la zona del mercado en las cercanías del hotel. Al desembocar en una avenida espaciosa, abarrotada de vendedores, nos tropezamos con la mezquita, un templo enorme, de una manzana de extensión, con las paredes pintadas de amarillo. En la parte superior se veían dos cúpulas azules con el símbolo islámico de la media luna en la parte superior. La más pequeña sobrepasaba a la mayor por estar situada sobre una torre. Imaginé a un hombre encaramado en ese lugar a las cinco de la madrugada, llamando a los feligreses para unirse todos en la oración dedicada a Alá.

El portón de entrada dejaba entrever un patio interior tan concurrido como el mercado. Muy decidida, invité a mis compañeros a entrar al recinto, pero Rafaela me advirtió: "¡Ni se te ocurra hacerlo! A los infieles nos está prohibido entrar a las mezquitas."

"¿Que no puedo entrar a la mezquita?"

"A menos que te hagas pasar por musulmana…"

Recordé la película *Yentl*, donde Barbra Streisand se hace pasar por hombre para acceder a un centro de estudios vedado a las mujeres. Ya me veía disfrazada, no de hombre sino de mahometana, con velos negros. El problema surgiría una vez dentro de la mezquita cuando me viera obligada a seguir ritos desconocidos para mí.

Luego supe que las mezquitas se podían visitar con un permiso. Según me contaron, la prohibición sí era absoluta para la Gran Mezquita de La Meca. Nadie daría un centavo por la vida del infiel que fuera descubierto en su interior contemplando la famosa piedra sagrada. Y aunque yo nunca había pensado ir a Arabia Saudita, me mortificaba aquella discriminación, como cualquier otra de las tantas que había conocido en mi vida, e incluso padecido en carne propia. Tomé entonces la resolución de dar la batalla por conocer la mezquita de Jimma, así me tuviera que convertir al islamismo.

Poco tiempo después, se me hizo muy claro que mi reto africano trascendía al hecho de entrar en una mezquita. En las aulas del Jimma Institute of Health Sciences me esperaban cuarenta y ocho jueces exigentes y severos. Para lograr una buena comunicación con los estudiantes etíopes debía empinarme por encima de obstáculos a los que nunca me había enfrentado. Mi condición de extranjera incitaba al distanciamiento y, lo que era peor, a la desconfianza; para ellos, acostumbrados a ponderar la cultura por el conocimiento del inglés, mis dificultades para expresarme en ese idioma podían ser interpretadas como ignorancia; a una mujer, en África, y en un país con una fuerte influencia musulmana, no se le abrían puertas, y mucho menos las de las mezquitas para rogar por un poco de tolerancia; además, mi baja estatura venía a ratificar una minusvalía admitida sin duda por la mayoría de los estudiantes, exceptuando quizás a las tres muchachas del grupo.

Confieso que mi voluntad de "etiopizarme" tuvo, de inicio, raíces puramente profesionales. Era la mejor forma de acercarme a los estudiantes. Después, el país entero me fascinó. Una cultura tan diferente a la mía me desafiaba con sus secretos. Quizá por eso me empeñé en comprender, desde mi inveterado ateísmo, la religiosidad de un pueblo que recompensaba mi intento de asimilación dejando caer, poco a poco, los velos que ocultaban su rostro.

Supe que casi la mitad de la población profesaba el cristianismo de las iglesias copta y católica, y la otra el islamismo. Sin embargo, en Jimma había pocos musulmanes, y en mi clase solo cuatro, uno de ellos el jefe del aula, Jemal. Me llamó la atención el liderazgo de alguien de la minoría, hasta que me percaté de que Jemal era el más inteligente, el más generoso, el más gentil. Era el mejor.

Un día, al finalizar la clase, me atreví a pedirle ayuda a Jemal para visitar la mezquita del pueblo. Aquel muchacho, al que yo le doblaba la edad, y quien casi me duplicaba en estatura, se sintió complacido por mi atracción hacia su religión y prometió hacerlo.

A partir de ese momento, Jemal se convirtió en mi maestro de las costumbres musulmanas. Gracias a él supe cómo reconocer, por el saludo, a un etíope cristiano de uno musulmán. Los cristianos se daban la mano o se besaban en las mejillas, al estilo francés; los musulmanes se abrazaban haciendo chocar la parte delantera de sus hombros, primero el lado derecho, luego el izquierdo, o se daban la mano derecha para luego besarse alternadamente el dorso de ésta; en todos los casos, el acto de saludo se repetía tantas veces como grado de amistad existiera entre ellos, cristianos o musulmanes.

También con Jemal conocí que entre las obligaciones de los musulmanes estaba rezar varias veces al día mirando hacia La Meca, ubicada al norte-noreste de Jimma. Gracias a esa información, en cualquier lugar del pueblo donde yo estuviera podía orientarme, sin brújula ni carta sideral, y saber hacia dónde estaba Cuba. Me bastaba observar a un musulmán rezando y con un giro de unos noventa grados en relación con su posición me ubicaba de frente hacia el Caribe.

Comprobé que Jemal era un musulmán poco ortodoxo. No oraba cinco veces al día porque eso le restaba mucho tiempo de estudio, no sólo por la oración sino por las abluciones: tenía que lavarse la cara, las manos y los pies antes de cada sesión de rezos del Corán.

En ocasión del ramadán, mes de ayuno para los mahometanos durante el cual, mientras haya luz solar, desde que amanece hasta que anochece, no pueden comer, ni fumar, ni siquiera tomar agua, seguí con preocupación el deterioro físico de *mis* musulmanes (ya para entonces eran *mis* estudiantes, *mis* muchachas, *mis* muchachos, *mis* cristianos, *mis* musulmanes). El día quince del ayuno coincidí con ellos en una cafetería, al mediodía, con un sol que rajaba hasta la mismísima piedra sagrada de La Meca, y los vi comiendo vegetales y bebiendo refrescos fríos. Ante mi sorpresa, Jemal se rió y me dijo que seguramente Mahoma no había estado en Jimma, ni había tenido una profesora como yo que lo obligara a gastar tanta energía estudiando.

Cada cierto tiempo yo le preguntaba a Jemal cuándo iríamos a la mezquita y él respondía siempre con una sonrisa y un "no se apresure, profesora, estoy tratando de obtener el permiso."

Mientras tanto, yo miraba desde afuera la mezquita, más pequeña que la de Addis Abeba, pero igualmente provocadora, y controlaba mi impulso de traspasar el umbral de aquella puerta.

Las pocas ocasiones en que llevé a Jemal al terreno escabroso de la posición de la mujer dentro de su religión, intuí, o quise creerlo así, que no era muy ortodoxo en eso tampoco. Indagué con mis alumnas quienes me contaron sus penurias en un país de un machismo brutal, sin diferencias entre cristianos y musulmanes, todos etíopes, todos despectivos con ellas. Sin embargo, junto a Jemal se sentían cómodas, no como personas de quinta categoría.

Alguna que otra vez, desde mi privilegiada posición, tomé desquite por ellas y, además, no perdí oportunidad para resaltar la inteligencia de Rahel, la tenacidad de Alem y la belleza de Aída, *mis* muchachas. Siempre sentí la aprobación y la solidaridad de Jemal en aquellas pequeñas represalias.

Hacia finales del curso ya había perdido toda esperanza de entrar a la mezquita y ni siquiera le preguntaba a Jemal cómo marchaban sus trámites. El día del examen final de mi asignatura, llevé una Biblia y leí el Eclesiastés, con aquello de que "hay tiempo para todo…" Me disculpé con los musulmanes por no haber encontrado el Corán en inglés, y al desearles suerte con un "Dios los bendiga a todos, cristianos y musulmanes," supe que Jemal me comprendía y adiviné en sus ojos un "Que Alá la bendiga, profesora."

Al terminar el examen, Jemal me dijo, muy contento, que lo habían autorizado a llevarme a la mezquita. La cita era para el día siguiente.

Apenas pude dormir aquella noche por la exaltación ante la inminencia de la visita tan anhelada. Me imaginaba el lugar, la atmósfera solemne del templo, la satisfacción del muchacho por haber logrado complacer mi petición, y me veía a mí misma descubriendo uno de los rostros ocultos de Etiopía que tanto había buscado.

A la hora fijada, Jemal llegó vestido elegantemente. Traía puesto un gorro musulmán precioso, y debajo del brazo el tapiz para reclinarse mientras orara. Al amanecer estábamos frente a la mezquita y me asombró la cantidad de creyentes que ya repletaban el lugar. Jemal me pidió que lo esperara afuera para anunciar mi presencia. Luego de algunos minutos, regresó un poco pálido y nervioso con la noticia de la imposibilidad de entrar a la mezquita ese día. Al verlo tan turbado por el contratiempo, sentí más pena por él que por mí. Decidí irme y dar por terminada aquella situación tan embarazosa para ambos.

Como otras tantas veces, le tendí la mano para despedirme. El respondió a mi gesto dando un paso atrás, como atemorizado. En ese momento cayeron sobre mí catorce siglos de islamismo, toda la tradición, los negros atuendos, los velos, la humillación de todas las musulmanas de la tierra, porque Jemal pasó por alto que yo era su profesora más querida, la cubana que quería ser etíope, la que había estado a su lado para enseñar y aprender, cuando escondió sus manos en el tapiz y me pidió que lo disculpara, pero ya había hecho sus abluciones y si tocaba a una mujer se ensuciaría y tendría que lavarse de nuevo. Quedó revelado para mí otro costado del enigma que me había perseguido desde aquella madrugada en que escuché, sin entender, la oración musulmana y deseé entrar a una mezquita.

Jemal hizo aún otro gesto. Con el pie barrió unas piedrecitas del suelo, y esquivó mi mirada, tal vez con vergüenza. Quise seguir apostando por él y le dije: "Que Alá te bendiga, Jemal," aunque pensé: "Que Alá te proteja, Jemal, de tu propia tradición."

A TRANQUIL DEATH
UNA MUERTE TRANQUILA

A TRANQUIL DEATH

Neither the balmy morning nor the desperate embrace of his family members managed to warm up the body of their loved one. Their consolation was a convenient image of his peaceful transition from sleep to death. Only he knew about the chase, the stumbling, the fall, the roar of the beast, the certainty of his demise accompanied by the pressure at his throat and then the relief of seeing himself in the nightmare, which allowed him to decide to keep on sleeping placidly.

UNA MUERTE TRANQUILA

Ni la tibieza de la mañana, ni el abrazo desesperado de sus familiares lograron calentar el cuerpo del ser querido. El consuelo les llegó con la socorrida imagen de un tránsito leve del sueño hacia la muerte. Sólo él supo de la carrera y el miedo, del trastabilleo y la caída, del rugido de la fiera, de la certidumbre del fin acompañada por aquella opresión atenazándole el cuello, y, luego, al observarse a sí mismo en la pesadilla, sintió alivio y decidió seguir durmiendo plácidamente.

FINAL CREDITS
CRÉDITOS FINALES

FINAL CREDITS

That Saturday, chock full like any other with household chores that had accumulated during the week, was particularly wearying for Ernestina. Marta had been called to work because of some urgent matter and Ernestina was left facing the cleaning, laundry and cooking alone. Finishing everything on Saturday freed Marta and Ernestina from domestic duties on Sunday, a day they jealously guarded as a time free of routine and available for rest and relaxation. But in reality, it was the uncomfortable conversation with Amalia, her only sister, that had just ruined Ernestina's day and brought on a headache.

Amalia had made her ritual Saturday visit, one devoted to enumerating the things she had to cope with, personal worries, problems at home, etc., and she herself described the visits as just "a little spin to see the old folks." Pulling her aside, Ernestina asked her sister if she would house sit for a few days and take care of their parents, since she was anxious about going on vacation with Marta and leaving them alone. Amalia refused and justified herself by arguing that their parents could get along well enough on their own, and that in a pinch they could get help from the neighbors. In addition, Amalia said that her husband and children were completely useless by themselves and that the house would fall apart without her. No matter how much Ernestina pleaded, her sister was not giving in. Not letting Ernestina get a word in edgewise, Amalia cut off the discussion with a final word about nobody having ever helped her get away for a real vacation.

Ernestina was reluctant to press Amalia on why she evaded her obligations as a daughter and left her sister with all the responsibility. She swallowed the bitterness of what she already knew in her heart: Ernestina and their parents no longer belonged to what Amalia considered as her true family.

Everything happens for a reason, Ernestina said to herself as she washed the dishes from her parents' meal. It had turned out for the best that Marta hadn't been home and hadn't had to face Amalia's ingratitude, an ingratitude all the more galling because Marta deserved enduring thanks for having been like a daughter to Amalia and Ernestina's parents. Now what I need, decided Ernestina, is a soothing bath, something for this headache and a nap in the bedroom with the air conditioning on full blast until Marta comes home. Then she and I can sit down and eat.

Ernestina slept for a while, and when she looked at the clock it was past nine o'clock at night. It surprised her that Marta should be so late and not let her know about the delay. Her first thought under such circumstances was that something bad had happened. Then calming down, she considered that perhaps Marta had needed to visit one of those cooperatives out in the boonies and by now she was on her way home.

Leaning against the bed pillows and covered with a light throw, Ernestina clicked on the TV. This way I'll be entertained and banish these gloomy thoughts, she reasoned. She waited for the beginning of the movie hoping it would be a comedy, a musical or some light, unpretentious melodrama whose happy ending she could guess right from the opening music. That's what she needed, because there was still a leaden dullness in her head, she was restless about Marta and she couldn't stop chewing on the conversation with Amalia. Her hopes for the movie began to tumble, however, as soon as she read the warning on the screen: "Adult language, violence and sex." Then the title, *The Freeway Assassin,* seemed to announce so many scenes of blood and death that she wondered if she could stand to watch it. To make things worse, the film was dubbed in Spanish, absolutely a felony in Ernestina's view. Substituting the voices of the actors meant losing half of the film. Just imagine if in place of the nostalgic and melodious "Play it again, Sam," spoken by Ingrid Bergman, we heard "*Tócala de nuevo, Sam,*" or if Robert de Niro's almost demented, "You talking to me?" in *Taxi Driver* were replaced by a commonplace "*¿Tú me estás hablando a mí?*"

In spite of her vehement dislike of dubbed films, Ernestina plucked up her courage and opted to stick with the sorry fare that was available, since the other channels were even worse. She decided to guess the direction the plot would take, a game she and Marta often played to amuse themselves when watching predictable movies like this one.

From the list of starring roles, Ernestina divined that the detective, an alcoholic dumped by his girlfriend and down on his luck ever since his partner got killed in a shoot-out, a death for which he felt responsible, of course, would be the one to trap the serial killer. Then the criminal, feeling cornered, would avenge himself by attacking the detective's girlfriend, except that the detective would save her, and as a finishing touch she would pardon him and they would get married. The same as always. Bored, Ernestina started to doze again.

Half asleep, she heard a piercing sound and tried to identify it. She had been having a dream in which Marta was in an accident. What would I do without Marta, she asked herself. But the persistence and clarity of the sound meant that it was coming from the real world, and she presumed that it was one of those irritating anti-theft car alarms or the screeching of an ambulance. After a few instants she remembered that she'd fallen asleep watching a film and surely was hearing the audio of the television set. The film was probably at the place where one of the protagonists was headed to the hospital, with aerial scenes following the ambulance as it dodged bottlenecks along the highway. Other shots from within the vehicle would show the desperate faces of the victim's loved ones, until the camera panned to their chaotic arrival at the emergency room and the race of the paramedics. She tried to open her eyes and look at the screen to confirm her suspicion, but she was very tired and preferred to keep on sleeping until Marta returned.

The sound of voices pulled her out of the lethargy. At first she could only distinguish murmurs and then some isolated phrases like, "she's very pale," and "it's not likely that we can save her." She felt sure that it must be another of those stale scenes meant to fool the public and make them suffer about the imminent death of the young girl.

Ernestina's body felt numb. She tried to get up to turn off the air conditioner, but she couldn't make herself move. She kept hearing a conversation that she attributed to a team of doctors who were frustrated because the girl's life was slipping away from them. No worries, television viewers, thought Ernestina. The girl will leave the hospital alive and perky as ever. She hadn't seen a million films like this for nothing. Nonetheless, the story was making her a little uneasy in spite of her considering it silly and predictable. Marta's delay has me nervous, she thought, and this headache is just getting worse.

Then she tried to not pay attention to the film. Ernestina remembered the first time she tried to suggest to her sister that she help out with their parents' care. That was when she and Marta were preparing for their previous vacation. They're feeling the weight of their years, Ernestina had told Amalia, and I'm afraid to go off and leave them alone at night. On that occasion Amalia pretended she didn't understand Ernestina's implicit request. Her only comment was how busy she was looking after her little granddaughter.

Ernestina shivered. She wasn't sure if it was the cold or because of remembering the day that Marta set off on a bus, alone, on a sunny and windless afternoon, leaving Ernestina behind on the platform, breaking a ritual carried out for twenty-seven years in which they had both gone to Marta's home town. Soon the scene would be repeated. Through the window of the bus, Marta would signal Ernestina to go on home in spite of knowing the reply: a light shake of the head to say no and a smile. Ernestina would wait until the bus had left the terminal and would wave goodbye, drawing an arc in the air with her elbow bent and the palm of her hand turned toward Marta. The day of Marta's return, no matter what, Ernestina would be waiting to welcome her with the same gesture.

Ernestina perceived that throughout her thought process, in the background there had been the sounds of an intensive care unit and voices talking about the girl's case. This film is really stuck, she decided. A woman was saying that some family members were of the opinion that the best thing would be for the patient to rest in peace once and for all, because who knows what she would be like if she survived. Just like in real life, thought Ernestina: no one cares what the moribund patient wants. But in these films, she continued musing, now the detective appears, the one who has by now captured the murderer. He caresses the girl's cheeks, whispers in her ear that she will soon be well, finds the best specialist in the world, who cures her, and the young lady walks out on the arm of the detective while the final credits roll. But it didn't turn out that way, and she was surprised by the turn that the plot took.

A man's voice was commenting that the patient's sister, nephews and brother-in-law had decided that if what appeared inevitable took place, they would talk to the woman's partner, with whom she'd lived for many years, and kick her out of the house. They'd do it at the funeral, telling her to find somewhere else to live immediately. The man also said that her partner, who was trapped in a veil of absolute devastation, had not a clue about the intrigue. Ernestina did not understand what was happening. If the plot, according to what she thought, revolved around the skill of the detective, what was all this sentimental drama with entanglements, complicated inheritances and evictions. Maybe my headache is making me lose track, she thought, and asked once more why Marta had not arrived.

Then she felt hands caressing her cheeks and Marta's voice whispering to her. "I'm here, Ernestina, and I promise you that soon you'll be fine and that we'll go back home together."

CRÉDITOS FINALES

Ese sábado, atiborrado como cualquier otro con los quehaceres domésticos que se iban acumulando durante la semana, le resultó a Ernestina particularmente agotador. Marta había ido al trabajo por un asunto de urgencia y Ernestina enfrentó sola la limpieza, el lavado de la ropa y la cocina, con el empeño de liberar de esas obligaciones al domingo, un día que ellas defendían contra toda rutina excepto la del descanso y el esparcimiento. Pero fue una incómoda conversación con Amalia, su única hermana, la que acabó de contrariarle el día y le desató aquel dolor de cabeza.

Amalia había hecho la habitual visita sabatina dedicada a la enumeración de sus ocupaciones y problemas hogareños. Una vueltecita a los viejos, como ella misma decía. En un aparte, Ernestina le pidió a su hermana que se quedara unos días en la casa acompañando a los viejos. Le inquietaba irse de vacaciones con Marta y dejarlos solos. Amalia argumentó su negativa con el razonamiento de que ellos todavía se valían bastante bien por sí mismos. Además, contaban con la ayuda de los vecinos. Y, añadió, su marido y sus hijos eran unos inútiles, la casa se les caía encima sin ella. Por más que Ernestina intentó persuadirla, Amalia no cedió y, sin dejar margen a la réplica, concluyó que a ella nadie la había ayudado jamás para que pudiera disfrutar de unas buenas vacaciones.

No quiso Ernestina preguntarle a su hermana por qué eludía sus obligaciones como hija y la dejaba sola con esa responsabilidad. Se tragó la amargura de comprobar lo que ya sabía: Ernestina y sus padres ya no eran parte de lo que Amalia consideraba su familia.

Todo lo que viene, conviene, recapituló Ernestina mientras fregaba la loza de la comida de sus padres. Mejor que Marta no estuviera hoy aquí, fue preferible que no enfrentara la ingratitud de Amalia, porque a Marta había que agradecerle de por vida el haber sido con sus padres como una hija. Y a mí lo que me conviene ahora, decidió, es un buen baño, un calmante, a ver si se me alivia este dolor, y luego acostarme en el cuarto con el aire acondicionado al máximo, hasta que Marta regrese y entonces comemos juntas.

Dormitó un rato y cuando miró el reloj ya pasaban las nueve de la noche. Le extrañó la tardanza de Marta y que no le avisara si iba a demorarse tanto.

Su primer pensamiento en tales circunstancias era que algo malo había ocurrido. Quizás, se tranquilizó, como otras veces, Marta había tenido que visitar una de esas cooperativas monte adentro y seguramente ya estaba en camino hacia la casa.

Reclinada con su almohada en la cama y cubierta con una frazada, encendió el televisor. Así me entretengo, pensó, y alejo los malos pensamientos. Esperó el inicio de la película con la ilusión de que fuera una comedia, un musical o uno de esos melodramas ligeros, sin pretensiones, cuyo final feliz se podía vaticinar desde la musiquita inicial. Eso necesitaba, pues todavía sentía cierta pesadez en la cabeza, estaba inquieta por Marta, y seguía rumiando la conversación con Amalia. Sus expectativas comenzaron a desplomarse ante la advertencia de "lenguaje de adultos, violencia y sexo." Luego, un título como *El asesino de la autopista* anunciaba tal cantidad de sangre y de muerte que le hizo dudar si sería capaz de tolerarlo. Por si fuera poco, la cinta estaba doblada al español, una felonía según Ernestina. Sustituir las voces de los actores es perder la mitad de la película, argumentaba, imagínense si, en lugar del nostálgico y melodioso *Play it again, Sam,"* dicho por Ingrid Bergman, escucháramos: "Tócala de nuevo, Sam," o si el enloquecido *You talking to me?"* de Robert de Niro, fuera sustituido por un ramplón: "¿Tú me estás hablando a mí?"

A pesar de su rechazo por el doblaje, Ernestina hizo de tripas corazón, optó por la compañía de aquel bodrio—los otros canales prometían cosas peores—y se dispuso a adivinar el curso que iría tomando la trama, un juego con el que Marta y ella se entretenían al ver películas previsibles como aquella.

Desde la presentación de los personajes, Ernestina auguró que el detective, alcoholizado, abandonado por la novia y venido a menos después de que su compañero de trabajo muriera en un tiroteo, una muerte de la que se consideraba responsable, claro, sería quien terminaría por atrapar al asesino en serie, después de que el malo, el criminal, al sentirse acorralado, se vengara atacando a la novia del detective, pero éste la salvaría y como colofón ella lo perdonaba y lo aceptaba en matrimonio. Lo de siempre. El aburrimiento hizo que Ernestina se fuera quedando dormida.

En un estado de duermevela, oyó un sonido estridente e intentó identificarlo. Había tenido una pesadilla en la que Marta tenía un accidente.

Qué me haría yo sin Marta, se preguntó. Mas la persistencia y nitidez del sonido le indicaron que éste venía de la realidad, y presumió que se trataba de alguna de esas irritantes alarmas contra robos o del ulular de una ambulancia. Después de unos instantes, recordó que se había quedado dormida mirando una película y seguramente escuchaba el audio del televisor: el filme andaría por ese lugar común del traslado de uno de los protagonistas hacia el hospital, con tomas aéreas que siguen a la ambulancia mientras sortea los embotellamientos en una autopista; otras dentro del vehículo mostrando las caras desesperadas de los acompañantes, hasta desembocar en la aparatosa llegada al cuerpo de guardia y las carreras de los paramédicos. Intentó abrir los ojos y mirar la pantalla para confirmar esa suposición, pero estaba muy cansada y prefirió continuar durmiendo mientras Marta no regresara.

Unas voces la sacaron de su letargo. Al principio sólo distinguió susurros hasta que pudo descifrar frases aisladas como "está muy pálida," "hay pocas probabilidades de que se salve." Tuvo la certidumbre de estar ante otra manida escena para engañar al público y hacerlo sufrir por la inminente muerte de la muchacha.

Ernestina sintió su cuerpo entumecido. Quiso levantarse y desconectar el aire acondicionado, pero no se movió y siguió escuchando la conversación que atribuyó a una junta de médicos, consternados porque aquella vida se les escapaba. Tranquilos, señoras y señores televidentes, la muchacha sale del hospital vivita y coleando, se dijo para sí Ernestina, no en balde he visto un millón de películas como ésta. Sin embargo, aquella historia le estaba provocando cierto desasosiego a pesar de considerarla tonta y predecible. La demora de Marta me tiene nerviosa, pensó, hasta tengo más dolor de cabeza.

Trató entonces de no prestarle atención a la película. Ernestina recordó la primera vez que intentó sugerirle a su hermana que la apoyara en el cuidado de sus padres. Eso había ocurrido cuando Marta y ella preparaban las pasadas vacaciones. Ya los años les pesan, le había dicho Ernestina a Amalia, me da miedo irnos y que se queden solos de noche. En aquella ocasión, Amalia ni se dio por enterada de la sutil petición de Ernestina, y su único comentario fue lo atareada que estaba cuidando a su nietecita.

Ernestina se estremeció. No pudo precisar si por el frío o por rememorar el día en que Marta se montó en la guagua, dejando atrás la resolana de la tarde y también a Ernestina calcinándose en el andén, rompiendo un ritual repetido durante veintisiete años en los que habían ido juntas al pueblo natal de Marta. Y pronto se volvería a ver la escena: a través del cristal de la ventanilla, Marta le haría señas a Ernestina insistiéndole en que se fuera ya, a pesar de conocer la respuesta, una leve negación con la cabeza y una sonrisa. Ernestina se quedaría hasta que el ómnibus saliera de la terminal y la despediría dibujando varias veces en el aire un arco con su brazo flexionado, la palma de la mano volteada hacia Marta. El día del regreso, bien lo sabían ambas, aunque cayeran raíles de punta, le daría la bienvenida con ese mismo gesto.

Ernestina se percató de que sus pensamientos habían tenido de fondo, todo el tiempo, los ruidos característicos de una sala de terapia y las voces hablando del caso. Esa película está estancada, sentenció. Una mujer decía que algunos familiares opinaban que lo mejor sería que la paciente acabara de descansar en paz de una vez, total, vaya usted a saber cómo quedaría si se salvaba. Igual que en la vida real, pensó Ernestina, a nadie le importa qué quiere la pobre moribunda. Pero en estas películas, continuó Ernestina sus reflexiones, ahora aparece el detective, quien ya ha capturado al asesino, acaricia las mejillas de la muchacha, le susurra al oído que pronto se pondrá bien, busca al mejor especialista del mundo que la cura, y la muchacha sale caminando del brazo del detective mientras ponen los créditos finales. Pero no ocurrió así y le sorprendió el giro que tomó la trama.

La voz de un hombre comentaba que la hermana, los sobrinos y el cuñado de la paciente habían decidido sacar de la casa a su pareja, con quien había convivido durante muchos años, si ocurría lo que parecía inevitable. Le pedirían, en el mismo velorio, que buscara de inmediato dónde vivir. También dijo el hombre que la pareja, presa del más absoluto abatimiento, ni sospecha tenía de aquella intriga. Ernestina no comprendía qué estaba ocurriendo. Si el argumento, según ella creía, giraba alrededor de la pericia del detective, a qué venía ahora ese drama sentimental con enredos de herencias y desalojos. Tal vez el dolor de cabeza me resta facultades, pensó, y se preguntó una vez más por qué Marta no acababa de llegar.

Entonces sintió que unas manos le acariciaban las mejillas y escuchó la voz de Marta susurrándole: "Estoy aquí, Ernestina, te aseguro que pronto estarás bien y volveremos a casa juntas."

CONFESSION
CONFESIÓN

CONFESSION

Doctor Clemente held office hours in the San Francisco de Paula Polyclinic on Wednesday mornings, and the hallway leading to his office was always swarming with people before eight-thirty a.m., the hour at which he arrived punctually. Many of those patients competed to be first in line for a consultation, and almost all of them knew each other from that informal waiting room. Some of them, the veterans, had seen each other frequently during the two years that Dr. Clemente had been taking patients at that location. This Wednesday seemed like it was going to be like any other.

Julián had been the first patient to enter the polyclinic. He sat down in a chair near the end of the hall, a position that let him guard the door by which Dr. Clemente would enter. As other patients began to fill in, Julián took charge of organizing the order of arrival.

When there were no more seats available and several people were standing, Julián looked at his watch and announced to all those present: "Two minutes and thirty seconds past eight, on the dot, and anyone who doubts it can tune in to *Radio Reloj*."[7]

Félix didn't let the opportunity to contradict Julián pass him by and gave a mischievous riposte: "I'll bet anything that *now* it is past eight o'clock, two minutes and thirty seconds."

Julián gave him a furious look and said: "Don't be such a know-it-all. Of course the time has passed. I'm not crazy enough to think that time stops—" and he looked at his watch before announcing: "Now it is eight o'clock, three minutes and four seconds and anyone who doubts it can tune in to *Radio Reloj*."

Dr. Clemente's auxiliary nurse, carrying a stack of patient records, heard them and intervened. "Stop that. The important thing is that in just a moment the doctor will be here and he likes to find everybody calm with no disagreements or quarrels going on."

Reinaldo interrupted her:

"Miz, com'on, let me have my prescriptions. That's the only reason I'm here, and if the doctor is delayed or doesn't show up…"

[7] *Radio Reloj,* literally Clock Radio, is a station in Havana that broadcasts news stories twenty-four hours a day, interrupted at the top of each minute with an announcement of the station name and the exact time.

"You mean the doctor's not coming?" exclaimed Leopoldo. With a recriminating tone he turned to his wife: "I told you. I told you so. I knew that doctor wouldn't come today. I'm putting myself at risk for no reason. Let's get outta here."

With a glance at the beseeching look on the face of Leopoldo's wife, the nurse set things straight: "Yes the doctor is coming in today, Leo, and I can tell you that for sure because I spoke with him three minutes ago. And you, Reinaldo, will have to wait. You know that the first thing the doctor does when he arrives is sign the prescriptions. Then I'll get them right to you."

"Give them to me right now," demanded Reinaldo, "I haven't slept."

"Reinaldo, you're an old-timer at this. You know that I deliver the prescriptions, but he's the one who signs them. Sit down and relax." Reinaldo obeyed, and Dr. Clemente's nurse entered the office and closed the door.

"The one who hasn't come in today is that woman with her son," said Julián.

"And let's hope she doesn't come; he gives me the creeps," chimed in Félix.

Lola, a small woman, walked restlessly from one end of the hall to the other, smoothing down her hair with both hands and repeating the phrase: "Because this life that I have and I hold."

"And in this life that you have and you hold, do you have or are you holding any cigarettes?" Evaristo asked Lola.

"Because this life that I have and I hold," repeated Lola, without looking at Evaristo or stopping her steps.

Gastón sprung from his seat and challenged Evaristo: "You can't smoke in here! Look at all the signs that say NO SMOKING! And watch out if I catch you smoking around here, you or anyone else. And just so you know, in this little booklet I keep track of everything that happens here." As proof he waved a worn-out notebook that everybody recognized. "Dr. Clemente authorized me to do it."

Gastón sat down, took off his coke-bottle glasses and fixed his eyes on the notebook. He took a pencil with his left hand, placed it between his ring finger and his middle finger, underneath the latter and resting on the index, held it in place with his thumb, and then, in that odd position, began to write. He tapped the sheet of paper with the tip of the pencil three times before writing each word.

"Gastón is a tattle-tale. You're a snitch," said Félix in a barely audible and fake voice.

"Who says I'm tattling? I'm Dr. Clemente's assistant, and it's my duty to let him know what's happened in his absence," said Gastón proudly.

"I've never heard anything about it on *Radio Reloj*," inserted Julián.

"Lots of things are not mentioned on *Radio Reloj*," commented Elsa, who had been quiet up to that point. "For example, did you hear on the broadcast this morning that this is my last visit to Dr. Clemente? I'm all cured and I want to testify about my recovery."

Félix put in his two cents worth: "That's what you said last month."

"I'll be testifying to the doctor, not to all of you," responded Elsa.

Several moments of calm transpired. Evaristo began to smoke an imaginary cigarette with relish. Gastón continued making notations. Lola strolled back and forth with that life that she had and she held. Leopoldo did not insist upon leaving. Reinaldo did not grumble about the prescriptions. Félix left Julián and his *Radio Reloj* alone. Elsa began reading the Bible. The rest of the patients, wrapped up in their own thoughts, were grateful for the truce.

Shouts calling for doctors and nurses in the Emergency Room incited a new commotion.

"Miz, Miz," clamored Reinaldo, as he banged on the door of the office.

The nurse stepped out, annoyed, and said: "I already told you that the prescriptions..."

"They're calling you from the Emergency Room!" several voices vied to tell her.

Reinaldo, Félix and Evaristo went running after the nurse. Lola seemed not to be aware of anything and kept repeating: "Because this life that I have and I hold."

Since it was difficult for Gastón to leave a sentence unfinished, he continued writing about the events. Elsa did not lift her eyes from the Bible. Julián kept his eyes glued on the door through which, at any moment, Dr. Clemente would enter. Leopoldo assured his wife that it was all a conspiracy to abduct him and begged her to get him out of there as soon as possible.

In just a few moments they discovered the cause of the shouting.

"It was a crazy guy that the police patrol brought in," said Félix. Hearing the police mentioned, Leopoldo became even more alarmed.

"I can't believe that this guy just got here and they've given him a triple-whammy, an intramuscular injection of Haloperidol, Benadryl and Diazepam, and I'm still waiting for my prescriptions," complained Reinaldo.

"And in this shitty polyclinic, no one will even give me a fucking cigarette," said Evaristo.

"Have a little respect, please. Watch your language," asked Elsa.

"Here he comes," Julián let everyone know. "Don't get excited, I'm not talking about Dr. Clemente. It's the woman with the dumb, good-for-nothing kid.

"You mean that dirty whore and that son of a bitch. Just imagine a mother sleeping with her own son. They say he makes her and that she lets him," commented Félix."

"Don't bear false witness against that woman. Avoid divine punishment," pronounced Elsa, with the Bible in her hands.

"In any case she's an unhappy woman, and who knows if that's true or just a story," said Evaristo, while continuing to smoke his non-existent cigarette.

Lucía and her son Gonzalo arrived, and the commentaries stopped. She asked: "Who's last in line?"

"I am," responded Elsa, "but you can go ahead of me. I want to present my proof to the doctor, and so it's best if I am the last one."

"Thank you," said Lucia, who took a place standing next to her son near the door labeled "Psychiatry."

Gonzalo could not stay still. He kept bouncing his legs, arms and torso like someone who was getting ready to jump. Looking at the fine down on his face and the acne on his cheeks one could guess that he was around nineteen or twenty. Lucía whispered in his ear: "You stay right here next to me, Gonzalito."

"All right! Now it's Dr. Clemente!" announced Julián with enthusiasm. Eight o'clock, twenty-five minutes and forty seconds, and anyone who doubts it can go to *Radio Reloj*. Nobody cut in line, I'm number one."

Dr. Clemente's arrival unleashed pandemonium. Many of the patients tried to talk to him at the same time and raised their voices to get his attention. But Dr. Clemente, immutable, just said:

"Good morning, everyone. Now if everybody will settle down, you all will have the chance to tell me about your problems, and we can talk about whatever you want then. Has the nurse already been here?"

"Yes, doctor. She brought the patients' files and she's in the Emergency Room helping out," relayed Gastón.

"Then please wait while I go find her. Everyone calm, OK?"

"That's more delay, thanks to the crazy guy that the patrol squad brought," grumbled Reinaldo.

With a sudden lurch forward Gonzalo bumped into Félix before Lucía could stop him.

"You touched me, you son of a bitch, you touched me!" howled Félix, furious at the affront. "You know that I can't stand for anyone to even brush against me. It makes me sick. In fact, I don't even like for people to look at me."

Lucía stepped in between her son and Félix: "Please forgive him, I beg you. He didn't mean to," she said in a conciliatory tone.

"Didn't mean to...Ha! That boy of yours likes the touchy-feely stuff and apparently you do, too, so the two of you can go play touchy-feely with each other and leave me out of your game."

"What did you say?!" shouted Lucía, shoving Félix so hard on his chest that she knocked him down.

"You touched me, too, you whore," growled Félix, furious and surprised.

"Your mama is the whore," yelled Lucía, livid.

Nervousness took hold of the rest of the patients. They were frightened watching the scene. Gastón reacted and went running toward the Emergency Room. Only Gonzalo and Lola kept to their routines. Gonzalo continued rocking back and forth and Lola continued walking and repeating the litany: "Because this life that I have and I hold."

Félix got up off the floor and moved away from Lucía, who took a few steps toward him like a boxer seeking a rematch with his opponent.

"A lot of people around here say that you have sex with your son because he can't find anyone to do it with." Then Félix turned to the others: "Let's see if the rest of you have the courage to say it to their faces."

Lucía stopped short, looking at each one, searching their faces to see if what Félix had said was true. Evaristo made a gesture of putting out a cigarette and said: "Don't try to involve us in your problems. The only one spreading that gossip is you."

"And see what I told you. Divine Providence punishes those who bear false witness," added Elsa.

Lucía took another step toward Félix, who moved back until he hit the wall.

"What's going on here?" interrupted Dr. Clemente with an authoritative voice. He was accompanied by Gastón and the nurse.

"Those two touched me, doctor," responded Félix, pointing to Gonzalo and Lucía. "And I don't let anyone touch me, much less those filthy pigs."

"That's enough," said Dr. Clemente. "Not another word between you. Now I'm going to see Gonzalo and Lucía, and next will be Félix."

Julián protested because he was first in the line, and Reinaldo complained because he needed his prescriptions.

"I said who would be first, and anyone who doesn't want to wait can leave and come back next Wednesday. Lucía, bring Gonzalo." Dr. Clemente stood at the doorway of the office and motioned for them to come in.

Lucía couldn't move for a few seconds. Then she went to Gonzalo, put an arm around his waist, and when everybody thought they were going to enter the office, she said: "No, doctor, you'll have to forgive me, but I'm not going in."

"Lucía, please come along," begged Dr. Clemente.

"Look, Dr. Clemente, after what's been said here today I need to speak out in public and not alone with you, hidden away in the office," said Lucía firmly.

"And, I believe, Lucía, that it would be better for us to speak in private like we usually do," replied Dr. Clemente.

"With all due respect, doctor, not you nor anyone else can keep me from declaring before all those present that I have never had sexual relations with my son, never. You can confirm that what I'm saying is true. I'm asking you to speak, and I authorize you to break what they call the 'doctor-patient privilege'."

A group of people had formed around Lucía, including the psychiatry patients as well as those seeking other services, nurses, employees of the polyclinic and even a doctor.

Dr. Clemente hesitated a minute before responding: "It's true. Lucía told me that she has never had incestuous relations with her son."

"There's more, doctor. Go on. Tell them what you know," insisted Lucía.

"That's enough Lucía," said Dr. Clemente, advancing toward her. "Nurse, please help me."

"It's no use, doctor. If you don't say it, I will. I want everyone to know that one time I did try to sleep with my son, just to make him happy. It pained me and still does that no woman would have him." Tears running down her face, between sobs, Lucía continued. "He refused to do it with me. Did you hear that? He refused. He prefers to go to the animals, do it himself, but not with me. Not even Dr. Clemente has been able to explain why he rejected me. And let this be on the record: the doctor made me swear that I would never try it again, and I've kept that promise. But I'd like to confess something else." Lucía had become calm, and with great aplomb she declared: "If my son ever were to ask me, I would do it, and this would be the greatest proof of love that anyone has ever given."

Lucía took Gonzalo by the arm and they headed toward the exit of the polyclinic. As they passed by Lola, she stopped her walking and looked at them. Lucía stroked Lola's hair with her hand and said gently, "I hope in that life that you have and you hold that you'll be happy."

MORANTE /08

CONFESIÓN

El doctor Clemente daba consultas los miércoles por la mañana en el policlínico de San Francisco de Paula. El pasillo de acceso a su cubículo se abarrotaba de personas antes de las 8:30 a.m., hora en que él llegaba con puntualidad. Muchos de aquellos pacientes compartían la rivalidad por encabezar la cola para ser atendidos. Casi todos se conocían de coincidir en esa espera, y algunos, los veteranos, se habían visto las caras con frecuencia durante los dos años que llevaba el doctor Clemente atendiendo esa localidad. Ese miércoles parecía que iba a ser como cualquier otro miércoles.

Julián había sido el primer paciente en entrar al policlínico. Se acomodó en un asiento cerca del extremo del pasillo, una posición que le permitía vigilar la puerta por donde entraba el doctor Clemente. A medida que se incorporaban los demás pacientes, Julián se encargó de organizar el orden de llegada.

Cuando ya no quedaban asientos vacíos y había varias personas de pie, Julián miró su reloj y anunció a los presentes: "Las ocho y dos minutos con treinta segundos, hora exacta y quien lo dude que ponga Radio Reloj."

Félix no dejaba pasar la oportunidad de contradecir a Julián y en tono socarrón ripostó: "Apuesto cualquier cosa a que ya son más de las ocho y dos minutos con treinta segundos."

Julián lo miró con rabia y dijo: "No te hagas el sabelotodo. Claro que ya pasó esa hora. Yo no estoy loco como para pensar que el tiempo se detiene." Volvió a mirar su reloj antes de anunciar: "Ahora son las ocho y tres minutos con cuatro segundos y quien lo dude que ponga Radio Reloj."

La enfermera auxiliar del doctor Clemente, cargada de historias clínicas, los escuchó e intervino: "Dejen eso, lo importante es que de un momento a otro aparece por ahí el doctor y a él le gusta encontrarlos tranquilos, sin discusiones ni peleas."

Reinaldo la interceptó:

"Seño, dame las recetas que me tocan. Estoy aquí nada más por eso y si el doctor se demora o no viene…"

"¿Que el doctor no viene?" exclamó Leopoldo y recriminó a su esposa: "Te lo dije, te lo dije, yo sabía que el doctor no vendría hoy. Me estoy exponiendo sin sentido ninguno, vámonos rápido de aquí."

Ante la mirada suplicante de la esposa de Leopoldo, la enfermera le aclaró: "El doctor sí viene, Leo, te lo puedo asegurar porque hablé con él hace unos minutos. Y tú, Reinaldo, tienes que esperar. Sabes que en cuanto el doctor llega, lo primero que hace es firmar las recetas de los medicamentos y enseguida yo se las entrego."

"Dámelas ahora mismo, mira que no he dormido," insistió Reinaldo.

"Reinaldo, tú eres viejo en esta plaza. Yo les entrego las recetas a ustedes, pero él es quien las firma. Siéntate y relájate," Reinaldo la obedeció y ella entró a la consulta y cerró la puerta.

"La que no ha venido hoy es esa mujer con el hijo," dijo Julián.

"Ojalá no venga, verla me da picazón," fue el comentario de Félix.

Lola, una mujer menuda, inquieta, caminaba de un extremo a otro del pasillo, se alisaba constantemente los cabellos con ambas manos y repetía la frase: "Porque esta vida que llevo y tengo."

"Y en esa vida que llevas y tienes, ¿no llevas ni tienes cigarros?" le preguntó Evaristo a Lola.

"Porque esta vida que llevo y tengo," repitió Lola sin mirar a Evaristo ni dejar de caminar.

Gastón se levantó de su silla como un resorte y enfrentó a Evaristo:

"¡Aquí no se puede fumar! ¡Mira todos los carteles que dicen 'Prohibido Fumar'! Cuidadito como yo te coja fumando en este local, a ti o a quien sea. Y para que lo sepan, en esta libreta llevo las incidencias de lo que ocurre aquí." Como prueba, blandió la libreta ajada que todos conocían. "El doctor Clemente me ha dado esa orientación."

Gastón volvió a sentarse, se quitó sus espejuelos de fondo de botella y pegó sus ojos a la libreta. Cogió el lápiz con la mano izquierda, lo colocó entre el dedo anular y el del medio, pasándolo por debajo de este último y por sobre el índice, lo presionó con el pulgar y así, en esa rara posición, comenzó a escribir. Golpeaba tres veces la hoja con la punta del lápiz antes de escribir cada palabra.

"Gastón chivatón," dijo Félix bajito y con la voz fingida.

"¿Quién dice que soy chivato? Yo soy el ayudante del doctor Clemente y es mi deber informarle lo sucedido durante su ausencia," dijo Gastón con orgullo.

"Pero yo nunca he oído nada de eso por Radio Reloj," terció Julián.

"Muchas cosas no se dicen por Radio Reloj," comentó Elsa, quien se había mantenido callada hasta entonces. "Por ejemplo, ¿acaso han dicho por esa emisora que hoy es mi última visita al doctor Clemente? Estoy curada y quiero darle testimonio de mi sanación."

Félix se interesó: "¿El mes pasado no dijiste lo mismo?"

"Daré testimonio al doctor, no a ustedes," respondió Elsa.

Transcurrieron algunos minutos de calma. Evaristo comenzó a fumar con fruición un imaginario cigarro. Gastón continuó con sus anotaciones. Lola paseaba esa vida que llevaba y tenía. Leopoldo no insistió en irse ni Reinaldo refunfuñó por las recetas. Félix dejó tranquilo a Julián con su reloj puntual. Elsa se puso a leer la Biblia. Los demás pacientes, ensimismados en sus pensamientos, agradecieron la tregua.

Unos gritos, que clamaban por la presencia de médicos y enfermeras en el cuerpo de guardia, incitaron al nuevo alboroto.

"¡Seño, seño!" vociferaba Reinaldo mientras golpeaba la puerta de la consulta.

La enfermera salió molesta y le dijo: "Ya te he dicho que las recetas…"

"¡La llaman del cuerpo de guardia!" dijeron varias voces.

Tras la enfermera salieron corriendo Reinaldo, Félix y Evaristo. Lola parecía no percatarse de nada y seguía diciendo: "Porque esta vida que llevo y tengo."

Como a Gastón le costaba trabajo dejar una frase a medias, se quedó escribiendo los sucesos. Elsa no apartó sus ojos de la Biblia, ni Julián los suyos de la puerta por donde, de un momento a otro, entraría el doctor Clemente. Leopoldo le aseguró a su mujer que aquello era un complot para abducirlo y le suplicó que lo sacara cuanto antes de allí.

Al rato, supieron el porqué de la gritería.

"Era un arrebatado que trajo la patrulla de la policía," comentó Félix y Leopoldo se alarmó aún más cuando oyó mencionar a la policía.

"A ese que acaba de llegar ya le pusieron su tríada, una inyección intramuscular de haloperidol, benadrilina y diazepán y todavía yo sigo esperando por mis recetas," se quejó Reinaldo.

"Y en este policlínico de mierda nadie me da un jodido cigarro," dijo Evaristo.

"Más respeto, por favor. Cuiden ese vocabulario," pidió Elsa.

"Ahí llega," informó Julián. "Ni se embullen, que no hablo del doctor Clemente, sino de la mujer esa con el manganzón de su hijo."

"Querrás decir la cochina y el cabrón ese. Miren que una madre acostarse con su propio hijo. Unos dicen que él la obliga y ella se deja," comentó Félix.

"No levanten falsos testimonios contra esa mujer. Eviten el castigo divino," sentenció Elsa con la Biblia en sus manos.

"En todo caso es una infeliz y quién sabe si eso es verdad o pura invención," dijo Evaristo y continuó fumando el inexistente cigarro.

Lucía llegó con su hijo Gonzalo. Los comentarios cesaron y ella preguntó: "¿Quién es el último?"

"Soy yo," respondió Elsa, "pero pasa delante de mí. Quiero darle testimonio al doctor y mejor me quedo de última."

"Gracias," le dijo Lucía y se quedó parada junto a su hijo cerca de la puerta con el cartel de "Psiquiatría."

Gonzalo se movía constantemente. Flexionaba las piernas, los brazos y el torso como quien toma impulso para saltar. El fino bozo y el acné en las mejillas permitían calcular su edad en unos diecinueve o veinte años. Lucía le dijo al oído: "No te muevas de mi lado, Gonzalito."

"¡Ahora sí, ahí viene el doctor Clemente!" dijo con entusiasmo Julián. "Las ocho y veinticinco minutos con cuarenta segundos y quien lo dude que ponga Radio Reloj. Nadie vaya a colarse, yo tengo el uno."

La entrada del doctor Clemente provocó una baraúnda. Muchos de los pacientes le hablaron a la vez y levantaban las voces para llamar su atención. Pero el doctor Clemente, inmutable, les dijo: "Buenos días a todos. Ahora se me quedan tranquilitos que cada uno tendrá oportunidad de contarme sus problemas, de conversar lo que quiera conmigo. ¿Ya vino por aquí la enfermera?"

"Sí, doctor, trajo las historias clínicas y está en el cuerpo de guardia atendiendo un caso," le informó Gastón.

"Entonces me esperan un momento a que yo vaya a buscarla. Tranquilidad, ¿eh?"

"Más demora por culpa del arrebatado ese que trajo el patrullero," rezongó Reinaldo.

Con un movimiento saltarín, Gonzalo se desplazó rápidamente y tropezó con Félix sin que Lucía pudiera impedirlo.

"¡Me tocaste, cabrón, me tocaste!" dijo Félix enfurecido. "Y tú sabes que a mí no se me puede ni rozar. Me pongo mal. Es más, no me gusta ni que me miren mucho."

Lucía se interpuso entre su hijo y Félix: "Perdónalo, te lo ruego, lo hizo sin querer," su tono trataba de ser conciliador.

"Sin querer… A ese hijo tuyo le gusta mucho el toca-toca y parece que a ti también, así que toquetéense entre ustedes y me dejan a mí fuera del jueguito."

"¿Que qué?" vociferó Lucía y le dio tal empujón a Félix por el pecho que lo tiró al piso.

"¡Me tocaste tú también, puta!" dijo Félix furibundo y sorprendido.

"¡Más puta es la madre que te parió!" respondió Lucía colérica.

El nerviosismo se apoderó del grupo, miraban asustados la escena. Gastón reaccionó y salió corriendo hacia el cuerpo de guardia. Sólo Gonzalo y Lola seguían con sus rutinas. Gonzalo continuaba balanceándose y Lola caminaba diciendo aquella letanía: "Porque esta vida que llevo y tengo."

Félix se incorporó del piso y se alejó de Lucía quien dio unos pasos hacia él como el boxeador que busca el remate del adversario.

"Aquí mucha gente dice que tú te acuestas con tu hijo porque él no encuentra con quien desahogarse," dijo Félix y se dirigió a los otros. "A ver, tengan el valor de decírselo en su cara."

Lucía se detuvo en seco y los fue observando uno a uno, preguntándoles con su mirada si era cierto lo que había dicho Félix. Evaristo hizo el gesto de quien apaga un cigarro y dijo: "No nos metas en líos que quien anda regando ese chisme eres tú."

"Y mira que yo te lo advertí, la divina providencia castiga por levantar falsos testimonios," explicó Elsa.

Lucía dio un paso hacia Félix y éste retrocedió hasta chocar contra la pared. "Pero, ¿qué está pasando aquí?" interrumpió con autoridad el doctor Clemente que llegó acompañado por Gastón y la enfermera.

"Que esos dos me tocaron, doctor," respondió Félix y señaló hacia Gonzalo y Lucía. "Y yo no puedo permitir que me toquen, mucho menos esos cochinos."

"Basta ya," dijo el doctor Clemente. "Ni una palabra más entre ustedes.

Ahora voy a atender a Gonzalo y a Lucía y después entrará Félix."

Julián protestó porque él era el uno en la cola y Reinaldo porque él necesitaba sus recetas.

"Dije quiénes serán los primeros y el que no quiera esperar puede irse y venir el miércoles próximo. Lucía, trae a Gonzalo," el doctor Clemente se paró a la entrada de la consulta y le hizo un gesto de invitación a pasar.

Lucía se quedó inmóvil unos segundos, luego se acercó a Gonzalo, le puso un brazo alrededor de la cintura y cuando todos creían que iba a entrar a la consulta le dijo al doctor Clemente: "No, doctor, usted me va a perdonar, pero yo no voy a entrar."

"Lucía, por favor, ven acá," le pidió el doctor Clemente.

"Mire, doctor, después de lo que se ha dicho aquí yo necesito hablar en público, no a solas con usted, encerrados en esa habitación," dijo Lucía con firmeza.

"Y yo considero, Lucía, que mejor hablamos en privado, como siempre," ripostó el doctor Clemente.

"Con todo respeto, doctor, ni usted ni nadie puede impedirme declarar ante los presentes que nunca he tenido relaciones sexuales con mi hijo, nunca, y usted puede dar fe de que digo la verdad y le pido que hable, yo lo autorizo a romper eso que llaman el secreto profesional."

Alrededor de Lucía se había formado un coro que incluía además de los pacientes de psiquiatría a los de otras consultas, a enfermeras, empleados del policlínico y hasta a un médico.

El doctor Clemente dudó un momento antes de decir: "Es cierto. Lucía me ha dicho que jamás ha tenido relaciones incestuosas con su hijo."

"Hay más, doctor, siga, diga todo lo que sabe," pidió Lucía.

"Basta, Lucía," dijo el doctor Clemente y avanzó hacia ella. "Enfermera, ayúdeme."

"Es inútil, doctor, si usted no lo dice, lo digo yo. Sepan que una vez quise acostarme con mi hijo, para hacerlo feliz, me dolía, me duele que ninguna mujer lo quiera." Las lágrimas le corrían por el rostro y entre sollozos Lucía continuó. "Pero él no quiso hacerlo conmigo, ¿lo oyeron?, no quiso, prefiere irse con los animales, hacérselo él solo, pero no conmigo. Ni el doctor Clemente ha podido explicarme por qué me rechazó. Y que conste, el doctor me hizo jurar que nunca más yo lo intentaría. He cumplido esa promesa, aunque quiero confesar otra cosa." Lucía se había serenado y con aplomo declaró. "Si alguna vez mi hijo me busca, yo lo voy a hacer, y esa sería la más grande prueba de amor que jamás haya dado alguien."

Lucía tomó a Gonzalo del brazo y se encaminó hacia la salida del policlínico. Cuando pasaron junto a Lola, ésta detuvo su andar y los miró. Lucía le pasó la mano por el pelo a Lola y le dijo: "Ojalá que en esa vida que llevas y tienes, seas feliz."

END OF A STORY
FIN DE UNA HISTORIA

END OF A STORY

Rita left work that afternoon and went to the *Mandarín,* as she liked to do from time to time. Either a late lunch or an early dinner, as she was fond of saying. Rita was in no hurry. Eugenia never got home before seven-thirty at night. The restaurant was near work, and she could enjoy not only Chinese food but also the panorama of the intersection at 23rd and M streets and the commotion around the TV studios located on that corner, in the *Vedado* area of Havana. Rita was not interested in the life and times of the celebrities themselves, but she was curious about the depths of admiration and even adoration that they generated in their viewing public. The crystal panes that formed part of the walls of the *Mandarín* let her contemplate the line of those who hoped to be on one of those programs with a live audience. At the prospect of appearing on a television show, people are capable of almost anything, thought Rita. Once in a while she would see one of those fans intercept a VIP and speak to him or her as if they were close friends. Rita ran over in her mind the questions and opinions that the admirer might have unleashed upon the trapped national treasure, who did everything possible to deliver the best of his or her smiles. The capacity that actors have to be imposters, to become another person entirely, including a person who could be affable and accommodating with the public, was fascinating to Rita. On the other hand, she asked herself, how could the significant others of actors and actresses be sure, if indeed they could know at all, when the partner was acting and when not, as easy as it must be for a professional pretender to lie.

There were few customers in the restaurant that day, and Rita could pick any table she pleased. She decided on one next to the windows and sat down facing the entrance of the restaurant, with the *Habana Libre* hotel on the left and 23rd Street right at her feet. The Maître d' approached Rita and said: "A very good afternoon to you, Ma'am."

"Good afternoon," she replied.

He, more to confirm than to ask, said: "The usual."

"The usual, thank you."

The usual was her favorite meal. Rita knew that when Hemingway was a regular at the *Floridita* bar, no one ever asked him what he wanted to drink.

They always served him a special Daquiri baptized with his name. And in the *Bodeguita del Medio* as soon as they saw his portly figure show up they started preparing him a Mojito. Rita had become a *habituée* of the *Mandarín*, a regular, and the camaraderie she'd established with the employees made her feel at home. After four years of her frequently repeated routine, they would just greet her with a slight nod of the head. The four years she had been working, since graduation, and since she'd been living with Eugenia. Almost everything fell within the same time frame.

Ever since she began her relationship with Eugenia, Rita had defended the right for each one of them to have a space for herself, like these lunches or an unexpected visit from a friend. It had been difficult to get past Eugenia's stubborn possessiveness and her desire to share every instant of her life with Rita.

They served her first beer in a glass just out of the freezer, and it was followed immediately by fried wontons and spring rolls just the way she liked them. She drank the *Bucanero* while she ate half of the portion of each plate, saving the other halves in a plastic bag in her purse. She would give it to Eugenia as proof of how present in her thoughts her absent partner had been. Two waiters removed the dirty plates and left the dish with what was left of the sweet and sour sauce. Then they brought her another beer, just as cold as the first one, plus her fried rice and salad. The ritual was maintained intact and unchanged: Rita poured the sauce on the rice and confirmed what she already knew—no place in Havana cooked more to her liking. This was the sublime moment.

Two girls walking down the sidewalk on the other side of 23rd Street, from L towards M, caught Rita's eye. Just like my friend Julián used to say, she mused, from an airplane, you can tell from an airplane that they're a couple. Without being able to say why she could pick them out from a distance of fifty to seventy yards, she'd bet anything that they were lesbians. They looked glamorous and feminine, with clothing in pastel colors, but there was something that gave them away.

Rita stopped eating and put the eating utensils on the plate. The blue dress of the taller one looked a lot like one that Eugenia had. As the two drew nearer the girl in blue looked more and more like Eugenia. It *was* Eugenia. Eugenia with an unfamiliar woman, someone Rita didn't know. What was

Eugenia doing walking with that woman along 23rd Street, *la Rampa,* at a time when supposedly she was still at work?

Rita's first impulse was to leave the restaurant, walk down the stairs toward the street, cross to the other sidewalk and stop right in front of them to see what Eugenia had to say for herself. She remained seated, however, looking at the couple. They stopped.

The woman who was with Eugenia looked for something in her purse and gave it to her. Eugenia looked at what she had just been handed, slapped a palm to her forehead, threw her other arm around the woman's shoulders, and drew her close in a gesture Rita interpreted as bold, especially as the other woman reacted like an defenseless dove being offered sanctuary. Rita continued to be surprised. The two women started walking again. They were smiling, very close to each other, quite intimate. What's going on? Rita wondered, feeling disconcerted. She followed them with her eyes until she couldn't twist her neck any further, and that was just when they were about to cross M Street. Rita decided to follow them. To the surprise of the Maître d' and the waiters, she left the money for the bill on the table—she knew the exact amount from past experience—did not say goodbye, and without finishing her meal or enjoying the customary ice cream and coffee, set out after Eugenia and her infidelity.

Rita kept a distance that allowed her to observe them without being discovered. That was until she saw them sit down on the seawall of the *Malecón.* Eugenia sitting with someone else in that unforgettable setting right along the ocean that had been such a part of their romance. Rita decided she'd seen enough; the two were too brazen to take.

When Eugenia got home after eight o'clock, Rita could detect nothing different in her behavior. Eugenia's face, just like every day when they saw each other, radiated genuine happiness. Her greeting was the same one Rita had heard so many times.

"Hello, my *lovely* Rita." Eugenia held Rita's head with both hands and kissed her softly on the mouth. "You have no idea how badly I wanted to get home to you today! I've had a terrible day. I'll tell you about in a minute. Have you eaten already?"

"No I haven't eaten yet," responded Rita, with a half-truth. She neglected to mention the *Mandarín*. She remembered that in her handbag she had saved the wontons and spring rolls for Eugenia and felt ridiculous.

"Could you can take the *congrí* out of the refrigerator and prepare a little salad while I freshen up?" proposed Eugenia. "I'll be in charge of coming up with something else."

"You're always coming up with something," said Rita, fearful that the irony of the phrase might put Eugenia on guard.

Rita had decided to wait for Eugenia to give her the details about her terrible day. She wanted to know how far she would take this outrageous story. Rita had seen something terrible with her very own eyes, the ones she would take to the grave, she had seen Eugenia strolling in the city with her lover, or perhaps one of her lovers. Nobody had brought it to her as gossip, and if that had happened Rita never would have believed it. Behind the loving, possessive, jealous and captivating Eugenia—who could imagine it—a hypocrite. Rita wanted to get to the bottom of things and decided to watch the performance just like a spectator seated on the front row of a theatre.

While they were preparing the meal together, Eugenia gave an account of the day, with minute details about everything from the bus breakdown and her anxiety about getting to school on time to a very complicated meeting with the parents of her students.

"And it was because of the meeting that you got home later today," commented Rita, who assumed the role of a cynical character in the drama.

"Of course," confirmed Eugenia. Then, in a move that Rita judged as masterful, Eugenia picked up a piece of potato in béchamel sauce and offered it to her. "Here try this and tell me that it's not delicious; the secret of béchamel is getting the pepper and nutmeg just right."

How many other secrets are you hiding? Rita pondered. I don't even know who you are, Eugenia. How could you have done this to me? We planned and promised to always be honest with each other, and now I discover it's all a ruse. I wonder how long you've been walking that false road while I stupidly believed in you. She remembered the plastic bag with the food that she had saved in her purse.

"To tell the truth, the sauce turned out better than ever," was all that Rita said. She remained quiet during the meal and the after dinner conversation, responding to Eugenia's questions with monosyllabic replies.

Rita struggled with contradictory feelings. Pride pushed her to break up with Eugenia, with no more explanation than she didn't love her anymore, and without degrading herself by acknowledging the betrayal. Anger over the insult to her intelligence also demanded a breakup, although first she would strip Eugenia bare and show her how disgusting she was. Love, however, pleaded at the top of its voice that she find out what went wrong, forgive and perhaps start anew.

When they were in bed, Eugenia asked: "Is something wrong my lovely Rita?"

"Why do you ask?"

"Because, I know you. Ever since I got home I noticed that you seemed so serious and—I don't know—worried about something." When Rita didn't say anything, Eugenia continued: "Come here, let me give you a hug."

Rita got up and went to sit down in the armchair near the bed. She couldn't take Eugenia's farce any longer.

"Is what's bothering you that bad?" asked Eugenia.

"So much so that I think it's best that we end it, Eugenia," was Rita's terse reply.

"End what, Rita? What are you talking about?"

"I'm talking about you and me, Eugenia, about ending our relationship."

As Eugenia listened completely perplexed, Rita spun a whole story about a supposed new passion, someone for whom she was ready to give up everything. Eugenia begged her not to toss aside the years of happiness and loyalty that they had enjoyed together. But the word loyalty shook Rita and made her remember the image of the couple she had seen earlier that day on 23rd Street. She remained firm in her decision to end the relationship. Rita thought how dearly Eugenia would be made to pay for her betrayal. She'd find out that even if it had been a passing fling and the pain she was showing was sincere and not simply impeccable acting, it was going to cost her.

"What a day you picked for this confession," said Eugenia.

"Any day is bad for a conversation like this," remarked Rita.

"You don't know what I'm talking about, do you? Do you remember what day tomorrow is?" asked Eugenia.

"Tomorrow? Today is the 18th, right? So tomorrow is the 19th." The date seemed familiar to Rita.

"That's right, tomorrow is March 19th, and it would have been our fourth anniversary, Rita. You forgot it again, but that doesn't matter now." Eugenia stretched her arm toward the drawer of the nightstand, took out a small box and gave it to Rita.

"Take it, even though I'm probably being ridiculous. It belongs to you."

Rita opened the package clumsily. Inside was a necklace of silver and malachite.

"What this?" stammered Rita, feeling totally confused.

"A necklace, can't you tell? My gift for our anniversary that now won't happen. I spent weeks, yes, weeks bugging Elisa, that artisan friend of mine who lives near the *Habana Libre,* for her to create this necklace for you. Today was when she delivered it to me; I'm not even going to get into what an odyssey that was."

Shame and regret swept over Rita. She wished she could turn back the clock, wished that she had allowed Eugenia to hug her, regretted getting out of bed and inventing that fictitious story of infidelity. In that case the dialogue would have been different.

"Do you remember what day tomorrow is Rita?"

"Tomorrow? Today is the 18th, right? So tomorrow is the 19th."

"Tomorrow is the 19th of March, our fourth anniversary. You forgot it again. What can I do with you lovely Rita? Since you seem so sad, I'll forgive you. Know what? To cheer you up I'm going to give you your present ahead of time."

Eugenia would have put the necklace around Rita's neck while she told what an odyssey it had been going to 23rd Street and L to pick up the necklace that Elisa had made. Elisa the artisan friend she'd told Rita about so many times, the one who might be, might not be, as Eugenia used to say. The end of the story could have been different.

"I shouldn't give you this necklace or anything else because you're so forgetful. You never remember my birthday or our anniversaries, never."

"That's just what you think. Let me get my purse."

FIN DE UNA HISTORIA

Rita salió esa tarde del trabajo y, como solía hacer de vez en cuando, fue al Mandarín. Un almuerzo tardío o una comida tempranera, como ella decía. Rita no tenía apuro, Eugenia nunca llegaba a la casa antes de las 7:30 de la noche. El restorán le quedaba cerca de la empresa y ella disfrutaba no sólo de la comida china, sino también del panorama de 23 y M y de la agitación que había alrededor de los estudios de televisión, ubicados en esa esquina del Vedado habanero. A Rita no le interesaba el mundillo de la farándula, mas sí sentía curiosidad por ese otro ámbito de admiración, y hasta adoración, que generan las celebridades. La cristalería que formaba parte de las paredes del Mandarín le permitía contemplar la cola de los aspirantes a hacer bulto en uno de esos programas de participación. Con tal de salir en una emisión televisiva, la gente es capaz de cualquier cosa, pensaba Rita. En ocasiones veía alguno de esos fanáticos que interceptaba a alguien famoso y le hablaba como si fuesen amigos íntimos. Rita se imaginaba las preguntas y opiniones que el admirador le soltaba a la acorralada gloria de Cuba que hacía lo posible por entregar la mejor de sus sonrisas. Esa capacidad que tienen los actores de impostación, de meterse en la piel de cualquier personaje, incluso en la de la persona afable y complaciente con el público, fascinaba a Rita. Por otra parte, ella se preguntaba cómo se darían cuenta las parejas de los actores y de las actrices, si es que podían hacerlo, de cuándo estaban ante una actuación y cuándo no, con lo fácil que debe de resultar mentir para un simulador profesional.

Había pocos comensales ese día en el restorán y Rita pudo escoger la mesa a su gusto. Se decidió por una junto a los cristales, y se sentó de frente a la entrada del restorán, con el Habana Libre a la izquierda y la calle 23 a sus pies. El maître se acercó a Rita y le dijo: "Tenga usted buenas tardes."

"Buenas tardes," respondió ella.

Él, más que preguntarle, afirmó: "Lo de siempre."

"Lo de siempre, gracias."

Y lo de siempre era su menú preferido. Rita sabía que cuando Hemingway se había hecho asiduo al bar del Floridita, nadie le preguntó nunca qué quería tomar, le servían un daiquirí especial bautizado con su nombre, mientras que en la Bodeguita del Medio comenzaban a prepararle un mojito nada más ver aquella corpulencia desembarcar en el lugar. Ella se había convertido en una *habituée* del Mandarín, una clienta de la casa, y la hacía sentir cómoda esa complicidad establecida con los empleados, que la saludaban con leve movimiento de cabeza, luego de cuatro años repitiendo aquella costumbre con frecuencia. Los años que llevaba trabajando, después de su graduación, y viviendo con Eugenia. Todo casi al mismo tiempo.

Desde que comenzó su relación con Eugenia, Rita defendía el derecho de ambas a tener un espacio para sí, como ese de aquellos almuerzos, o el de una eventual visita a alguna amistad. Esfuerzo le había costado ganarle la porfía a una Eugenia atrincherada en la posesividad y el deseo de compartir cada instante de su vida con Rita.

Le sirvieron la primera cerveza en una copa recién sacada del congelador, y de inmediato le pusieron delante las mariposas y los rollitos de primavera, tal y como a Rita le gustaba. Bebió la Bucanero mientras comía la mitad de la ración de cada plato y guardó la otra dentro de una bolsa de nailon en la cartera. Se la daría a Eugenia, prueba de cuán presente había estado la ausente. Dos camareros retiraron los platos sucios y dejaron el recipiente con los restos de la salsa agridulce; luego le trajeron la otra cerveza, tan fría como la anterior, el arroz frito y la ensalada. La liturgia se mantenía incólume: Rita le echó la salsa al arroz y comprobó lo que ya sabía, en ningún lugar de La Habana lo cocinaban mejor para su gusto. Había llegado un momento sublime para ella.

Dos muchachas que bajaban por la acera de enfrente de la calle 23, desde L hacia M, llamaron la atención de Rita. Como diría mi amigo Julián, pensó, desde un avión, se nota desde un avión que son una pareja. Sin saber precisar por qué las distinguía a una distancia de unos cincuenta o sesenta metros, apostaba con cualquiera a que eran una pareja de lesbianas. Se veían glamorosas, muy femeninas, con ropaje en tonos pasteles, pero había algo que las identificaba.

Rita dejó de comer y cruzó los cubiertos sobre el plato. El vestido azul de la más alta se parecía mucho a uno que tenía Eugenia. A medida que la pareja se acercaba, la muchacha de azul se le parecía más a Eugenia. Era Eugenia. Eugenia con una mujer desconocida, desconocida para Rita. ¿Qué hacía Eugenia con esa mujer caminando por la Rampa a una hora en la que supuestamente debería estar todavía en el trabajo?

El primer impulso de Rita fue salir del restorán, bajar las escaleras hasta la calle, cruzar a la otra acera y pararse delante de ellas a ver qué explicación le daba Eugenia. No obstante, se quedó sentada mirando a la pareja. Ellas detuvieron la marcha.

La que iba con Eugenia buscó algo en su bolso y se lo dio. Eugenia miró lo que le había entregado, se puso una mano en la frente, le echó un brazo sobre los hombros a la mujer y la atrajo hacia ella con un gesto que Rita calificó como intrépido, en tanto la otra le parecía una paloma indefensa entrando a un refugio. Rita no salía de su sorpresa. Las mujeres echaron a andar nuevamente, iban sonrientes, muy cerca una de la otra, en intimidad. Qué cosa es esto, se preguntó Rita desconcertada. Las siguió con la vista hasta que la torsión del cuello llegó al tope justo cuando ellas se disponían a cruzar la calle M. Rita tomó la decisión de seguirlas. Ante la sorpresa del maître y los camareros, dejó sobre la mesa el dinero de la cuenta cuyo monto conocía de memoria, no se despidió de ellos, y, sin terminar de comer, ni tomar el helado ni el café de siempre, salió tras Eugenia y su infidelidad.

Se mantuvo a una distancia que le permitía observarlas sin ser descubierta. Hasta que las vio sentarse en el muro del Malecón. Eugenia sentada con otra en el lugar entrañable que había sido cómplice del romance con Rita. Prefirió no ver más, demasiada desfachatez.

Eugenia llegó a la casa pasadas las 8:00 de la noche. Ningún cambio percibió Rita en su conducta. El rostro de Eugenia, como cada día al encontrarse, expresaba auténtica alegría, su saludo, el de tantas y tantas veces.

"Hola, mi *lovely* Rita." Eugenia sujetó la cabeza de Rita con ambas manos, la besó suavemente en la boca y exclamó: "¡Qué ganas tenía de estar en casa contigo! Hoy he tenido un día terrible. Ahora te cuento. ¿Ya comiste?"

"No, no he comido," respondió Rita con una verdad a medias. Omitió hablar del Mandarín. Recordó que en su cartera había guardado mariposas y rollitos para Eugenia y se sintió ridícula.

"¿Podrías sacar el congrí del refrigerador y preparar un poco de ensalada en lo que me doy un bañito?" propuso Eugenia. "Yo me encargo de inventar algo más."

"Tú siempre inventando," dijo Rita y temió que la ironía de la frase pusiera en guardia a Eugenia.

Rita había decidido esperar a que Eugenia le diera los detalles de ese terrible día. Quería saber hasta dónde llegaba la infamia. Porque Rita había visto con sus propios ojos, esos mismos que se tragaría la tierra, algo, en efecto, terrible, había visto a Eugenia paseándose con su amante, o tal vez una de sus amantes, por la ciudad. Nadie vino a contarle el chisme. Si así hubiese ocurrido, Rita no lo habría creído. Detrás de la Eugenia, amorosa, posesiva, celosa, absorbente, quién lo iba a pensar, se escondía una mosquita muerta. Rita quiso tocar fondo y se dispuso a contemplar aquella actuación, como cuando un espectador se sienta en la primera fila de un teatro.

Mientras preparaban la comida, Eugenia narró de manera minuciosa los pormenores de la jornada, desde la rotura de la guagua y la angustia por llegar temprano a la escuela, hasta la complicadísima reunión con los padres de sus alumnos.

"Y por culpa de la reunión llegaste un poco más tarde hoy," comentó Rita que había asumido un personaje cínico en su actuación.

"Sí, claro," confirmó Eugenia y en un giro que Rita evaluó como magistral, Eugenia pinchó un pedazo de papa en salsa bechamel y se lo ofreció. "A ver, prueba esto y dime si no está delicioso. El secreto de la bechamel está en el punto de pimienta y de nuez moscada."

Cuántos otros secretos escondes, se preguntó Rita, no te conozco, Eugenia, cómo has podido hacerme esto, nos propusimos y prometimos sinceridad y ahora descubro tu fraude, a saber desde cuándo viene caminando tanta falsedad, y yo de estúpida que creía en ti. Le vino a la mente el nailon con comida que tenía en su cartera.

"A decir verdad, te ha quedado como nunca," fue todo lo que dijo Rita y después se mantuvo callada durante la comida y la sobremesa, respondiendo con monosílabos las preguntas de Eugenia.

Rita se debatía entre sentimientos contradictorios. La soberbia la empujaba a romper con Eugenia sin más explicación que el desamor, sin rebajarse ante el reconocimiento de la perfidia. La cólera por el insulto a su inteligencia reclamaba también la ruptura aunque antes debía desenmascarar a Eugenia, mostrarle su desprecio. El amor, sin embargo, pedía a gritos saber qué había fallado, perdonar, quizás comenzar otra vez.

Ya acostadas, Eugenia le preguntó: "¿Pasa algo, Rita?"

"¿Por qué me lo preguntas?"

"Porque te conozco. Desde que llegué te noto seria, no sé, como preocupada por algo," y como Rita se mantuvo en silencio, Eugenia continuó: "Ven conmigo, deja que te abrace."

Rita se levantó y fue a sentarse en una butaca cerca de la cama. No podía resistir más aquella farsa de Eugenia.

"¿Tan grave es lo que te ocurre?" inquirió Eugenia preocupada.

"Tanto como que es mejor terminar, Eugenia," fue la parca respuesta de Rita.

"¿Terminar qué, Rita? ¿De qué me estás hablando?"

"Hablo de ti y de mí, Eugenia, de terminar nuestra relación."

Ante la perplejidad de Eugenia, Rita hilvanó toda una historia alrededor de una supuesta pasión, alguien por quien estaba dispuesta a todo. Eugenia le suplicó que no tirara por la borda los años de felicidad y lealtad que habían vivido juntas. La palabra lealtad estremeció a Rita, la hizo rememorar la imagen de la pareja que había visto ese día en la calle 23 y se mantuvo firme en su decisión de ruptura. Rita pensó cuán caro iba a pagar Eugenia la traición, así se tratara de una aventura pasajera y aquel dolor que le estaba demostrando fuese sincero y no parte de una actuación impecable.

"Qué día escogiste para esta confesión," dijo Eugenia.

"Cualquier día es malo para una conversación como ésta," fue el comentario de Rita.

"Ni sabes de qué hablo, ¿verdad? ¿Recuerdas qué día es mañana?" inquirió Eugenia.

"¿Mañana? Hoy es 18, ¿no?, entonces mañana es 19." La fecha le resultaba familiar a Rita.

"Pues sí, mañana es 19 de marzo, el que sería nuestro cuarto aniversario, Rita. Lo olvidaste otra vez, pero eso qué importa ya." Eugenia extendió un brazo hacia la gaveta de la mesa de noche, sacó una pequeña caja y se la dio a Rita. "Toma, aunque parezca una estupidez de mi parte, esto te pertenece."

Rita abrió con torpeza el envoltorio. Dentro había un collar de plata y malaquita.

"¿Y esto?" balbuceó Rita en medio de su confusión.

"Un collar, ¿no lo ves? Mi regalo por el aniversario que no será. Llevo semanas, justamente semanas, detrás de Elisa, la artesana amiga mía que vive por el Habana Libre, para que hiciera ese collar y hoy fue que me lo entregó. No vale la pena contarte esa odisea."

Rita sintió vergüenza y arrepentimiento. Quiso echar el tiempo hacia atrás, haberle permitido a Eugenia que la abrazara, no haberse levantado de la cama, ni inventado aquella historia de infidelidad. El diálogo hubiese sido otro.

"¿Te acuerdas qué día es mañana, Rita?"

"¿Mañana? Hoy es 18, ¿no?, entonces mañana es 19."

"Mañana es 19 de marzo, nuestro cuarto aniversario. Lo olvidaste otra vez. ¿Qué hago contigo, lovely Rita? Como estás tristona te lo perdono. Mira, para alegrarte un poquito te adelanto tu regalo."

Eugenia le hubiera puesto el collar a Rita en el cuello mientras le contaba la odisea de cómo había ido a 23 y L a recoger el collar que había hecho Elisa, la amiga artesana de la que tantas veces le había hablado a Rita, la que parece que sí, pero parece que no, como decía Eugenia. El final de la historia podía haber sido distinto.

"No debería regalarte ni ese collar ni nada, por olvidadiza. ¡Nunca te acuerdas de mi cumpleaños, ni de nuestros aniversarios, nunca!"

"¿Tú crees? Déjame traer mi cartera."

DIALOGUE
DIÁLOGO

DIALOGUE

Pilar helped her father lie down in bed and made sure he was all tucked in. As she turned out the bedroom light, she heard him say the same thing she'd heard a thousand times during the day, although now he seemed less upset.

"This isn't my house, take me home."

The telephone rang and Pilar rushed to get it, fearing that her father might wake up again.

"Hello."

"Hi, Pilar, are you busy right now?"

"Not at all, Esther, I've just finished up all of today's tasks."

"Good, I just need a little of your time. Three days ago I was all set to tell you about a couple of things, and between one thing and another I've forgotten them. By the way, I called you yesterday, and you said you'd call right back and I'm still waiting."

"I was too upset. Don't you remember what I told you then? Papa ran into an arm chair and almost fell."

"Oh, that's right! Did he get hurt?"

"It was the scare more than anything else. He was wearing flip-flops, and his toes got caught in the foot of the…"

"Wait, don't say anymore. That kind of thing happens to me all the time. I don't know why I always manage to stub my toe on the furniture. And it really hurts! Two times I ended up with a fracture in the same little toe. It got black as coal. And of course every time after that I kept hurting that same annoying bad toe. You gotta ask yourself: why does a sore place on one part of the body work like a magnet to attract more pain. But let's drop it, because I swear, just thinking about it makes me ill."

"I agree. Let's change the subject."

"Listen, Pilar, I simply have to tell you about the movie that's playing at the Yara. You just can't miss *The Hours*. It's based on a novel of the same name, and has Meryl Streep, Nicole Kidman and Julianne Moore, three hugely famous screen stars and each one incredible. Kidman won a Best Actress Oscar for her part, but the others were equally deserving. Juan and I went to the Yara on opening night and it was to die for. What a fabulous film!

I haven't seen anything like it in a long time. You would love it because it's about Virginia Woolf, or rather some passages of her life and her novel, *Mrs. Dalloway*. I won't tell you any more so you can enjoy it. Promise me you'll go see it."

"Esther, you know better than anyone that I can't leave Papa alone."

"Well, find someone who can stay with him. Pilar you need to get out once and a while and focus on other things, and I know what I'm talking about. When my mother-in-law, Orquídea, became bed-ridden, you'll recall that she came to live with us because nobody in that family wanted to handle the problem. I said to Juan: 'That's fine, bring her here, but your younger brothers have to take turns looking after her.' And everyone's turn came around, and they pitched in. I helped out a lot, you saw how much I sacrificed for her, may she rest in peace, and being good is good, but there's no sense in overdoing it. I mean, why can't your son Ricardito look after this grandfather one evening so that you can go to a movie, sit in the park or do something you feel like doing?"

"Ricardito is finishing his doctoral thesis and working like a dog; he's at the point when he hasn't yet…"

"Look, Pilar, stop with the excuses already. I know what it's like to do a doctorate because I did mine when I had two young kids. Of course Mom helped me like always, I can't deny it, but I never neglected the children, or Juan, or the house and I managed to get ahead. Somebody needs to give Ricardito more responsibility, and who's gonna do it if you don't? I'm saying that for his sake, Pilar, and for your own. You always felt sorry for him since he lost his father and is an only child. You've been overprotective, you didn't even give him a stepfather."

"We've talked about this before, Esther, and believe me when I tell you that Ricardito does more than most young men his age."

"Well, I still say he could help you more. And if not him, find another solution. After your mother died and your father began to go downhill, I mentioned the rest home option, but you…"

"Please Esther, that's not up for discussion. Tell me about you and Juan."

"OK, I won't talk about it anymore. That's up to you. Here at our house, everything's pretty good. Actually, Juan is what I wanted to talk to you about. A week from now, he'll be going to a conference in Rio de Janeiro. How about that?"

"Going to Rio! That's great. It's a marvelous city. I loved it."

"That's why I called you. I remember that just before you retired, you were there for a year with that group of pediatricians and the infant vaccination program. I told Juan to call and talk to you to get an idea of what he can expect before he lands and to see what you suggest in the way of "must see" places for his week there. You know how Juan is. He doesn't want to bother you and says you've got a lot on your plate. That's true but, as I reminded him, you need a break and a chance to talk to other people, right? So I decided to give you a call because it's been a long time since we chatted, and at the same time you can help me line up some activities for Juan."

"The first thing would be the statue of Christ the Redeemer. There's a lookout point…"

"That's exactly what I said to Juan. I've been looking up things about the *Cristo.* The Encarta Encyclopedia online lets you take a virtual visit as if you were right there in the lookout gazing down at Rio, and you can see a full 360 degrees around, and it leaves you breathless. The statue is thirty meters high with a pedestal of six meters and it is positioned right on top of Corcovado, more than seven hundred meters above sea level. The Christ has his arms open wide as if he were protecting the city; it's a monumental creation of seven hundred tons of granite. Oh, and they commissioned a Frenchman to do it, and the sculpture was completed in 1921, the centenary of Brazil's independence. Our Christ of Casablanca may be much smaller, but at least it was done by a Cuban, and a woman on top of that! We Cubans are something else, don't you think? If Juan tries to come back without photos of Corcovado and the Christ Statue, I'm not letting him in the house. You can take it to the bank—he won't get past the front door. So, now what other places do you recommend?"

"For tourist attractions, there are the beaches…"

"Copacabana and Ipanema are the ones to visit, Pilar. Maybe Juan will meet up with the 'Girl from Ipanema' and lose his head over her. And, they say that seeing the crowds of people on the beaches is amazing, between the people there to swim and suntan and the vendors. Pilar, do you remember the Brazilian soap opera where the main character sold little pastries, or something like that, on the beach in Rio, and then she ended up with a chain of restaurants and became rich? Of course, that's the kind of thing you only see on TV. What's for real is the part about all the vendors on the beaches. Well, there and everywhere else. Just imagine, Rio, a megacity with more than eleven million inhabitants. Do you have any special recommendations for Juan?"

"He should go to the *favelas*..."

"You must not know Juan. I'm telling you, Pilar, as soon as he gets a chance he'll climb up the hillsides to where the poorest *favelas* are. He'll go into any little shack where they let him in, and he'll give presents to the children, talk about Cuba and ask them if they know a Cuban pediatrician named Pilar. If he finds someone who knew you, there'll be no stopping all the talk and excitement. I asked Juan to be extra careful, with eyes in the back of his head, because he could be robbed, and without looking for trouble find himself in the midst of gangs of young criminals, and there'd be no one to pay them off, and they'd send him back to me in a box."

"Esther, it all depends..."

"I know that it depends on many things, on whether he's by himself, the time of day, how he's dressed. I know, and even though I have never been I can imagine it. That's why I've asked him to always go out in the company of others, to go in full daylight and wearing the worst clothes he has and without wearing his watch or ring. I didn't suggest that he go nude, because he'd be arrested for exhibitionism, and who would get him out of jail then? And on that topic, I wonder if you know someone you trust in Rio de Janeiro who could help him out if he needed it?"

"But of course. Tell Juan to call me any day after nine o'clock at night. I'll give him the telephone numbers of some friends."

"Thanks, Pilar. You never let me down, always at the ready. I just realized that I forgot to ask how you're feeling."

"These days I'm feeling pretty worn out because of the flu."

"The flu! Oh my gosh, you don't even want to know what's happened in this household with the flu that's going around. First it got *Mami* and she was really sick and in bed with a fever of more than 102 degrees. Then it hit *Papi*, without so much fever but with a nasty cough, weakness and no appetite. He didn't want to eat anything, and in the course of a week he nearly dried up, poor thing. Juan and I were the last to get it. Fortunately the kids escaped altogether. So I really feel for you because this flu is knocking out half of Havana. They're calling it *Nazaret*, like the villain in the Brazilian soap opera. I love this custom of ours of giving a name to each flu as it comes along. And speaking of soap operas, Pilar, I'm going to let you go since the Cuban one is just about to begin. You know what a big fan I am of those programs, no matter where they come from or what they're about. They're the best way to relax that's been invented, better than a sedative, if you can imagine. OK, so the way we left it is that Juan will call you before the trip, and you'll give him the information about your friends. Please tell him to be careful when he goes out. And one more favor. Please listen to me, Pilar. Go see the movie, because I know you'll love it and it would be a crime for you to miss it. Now I'm going to have to hang up because I hear the theme song of my program. Give me a ring once in a while. Be a good friend. I love to chat with you, and I'm the always the one who has to call. Take care of yourself, Pilar. Bye, now."

"Take care of yourself too, Esther."

Pilar hung up, neared her father's room and thought she heard a murmur:

"This is not my house, take me home."

DIÁLOGO

Pilar ayudó a su padre a acostarse en la cama y lo arropó. Al apagar la luz del cuarto escuchó la misma frase que el viejo había repetido mil veces durante el día, aunque ahora lo sentía menos angustiado:

"Esta no es mi casa, llévame para mi casa."

Sonó el teléfono y Pilar se apresuró a responder por temor a que su padre se despabilara.

"Oigo."

"Hola, Pilar. ¿Estás muy ocupada ahora?"

"Para nada, Esther, acabo de terminar la faena de hoy."

"Te voy a robar poco tiempo. Hace como tres días estoy por comentarte un par de cosas y se me olvida, cuando no es por pito, es por flauta. Y entre paréntesis, ayer te llamé, me dijiste que enseguida llamabas para acá y todavía estoy esperando."

"Es que estaba atormentada. Papá tropezó con una butaca y casi se cae, ¿no te acuerdas que en ese momento te lo dije?"

"¡Verdad que sí! ¿Se dio algún golpe?"

"Más susto que otra cosa. Andaba en chancleta y se le engancharon los dedos del pie en la pata de la..."

"Ni me digas nada, que a mí me pasa eso a cada rato. No sé cómo me las arreglo para chocar todo el tiempo con las patas de los muebles. Duele cantidad. En dos ocasiones la cosa ha sido de fractura en el mismo dedo chiquito. Negro como un tizón se me ha puesto. Y claro, todos los golpes van a parar al puñetero dedo malo. Yo me pregunto por qué cuando tenemos una herida o una lesión cualquiera en el cuerpo, es como si esa parte tuviera un imán para atraer trastazos. Mejor dejamos el tema, que nada más de pensarlo me da mareo, te lo juro."

"Sí, es mejor dejarlo."

"Oye, Pilar, déjame decirte que no puedes perderte la película que están poniendo en el cine Yara, *Las horas,* basada en una novela del mismo nombre, con Meryl Streep, Nicole Kidman y Juliane Moore, nada menos que esas tres monstruos de la pantalla, cada cual increíble en su papel. A la Kidman le dieron un Oscar por esa actuación, pero igual podían habérselo ganado las otras. Yo fui al Yara con Juan el mismo día del estreno, y nos mató. ¡Qué clase de película! Hacía rato no veíamos algo semejante. A ti te va a encantar porque trata sobre Virginia Woolf, o más bien sobre algunos pasajes de su vida y de su novela *Mrs. Dalloway.* Mejor no te cuento para que la disfrutes, prométeme que vas a ir a verla."

"Esther, tú sabes de sobra que no puedo dejar a papá solo."

"Pues busca la manera de dejarlo con alguien, Pilar, tienes que salir un poco de ese encierro y distraerte, mira que te lo he dicho. Cuando Orquídea, mi suegra, cayó en cama (te acordarás que fue a vivir con nosotros porque nadie de esa familia quiso cargar con ese problema), yo le dije a Juan: 'Está bien, tráela para acá, pero tus hermanitos tienen que rotarse para cuidarla.' Y todos entraron por el aro. Yo ayudé mucho, tú fuiste testigo de cuánto me sacrifiqué por ella, que en paz descanse, pero bueno es lo bueno y no lo demasiado. A ver, ¿por qué tu hijo Ricardito no cuida a su abuelo una noche para que tú puedas ir a un cine o a sentarte en un parque o a hacer lo que te dé la gana?"

"Ricardito está terminando su tesis de doctorado, trabaja como un mulo, esta es la hora que todavía no ha llegado a…"

"Mira, Pilar, a mí no hay quien me haga cuentos. Yo sé lo que es un doctorado porque lo hice con mis dos hijos chiquitos. No es menos cierto que mami me apoyó, como siempre lo hace, eso es una gran verdad, pero yo nunca descuidé a los niños, ni a Juan, ni a mi casa y salí adelante. A Ricardito hay que darle más responsabilidades y quién si no tú lo va a hacer. Por su bien, Pilar, por su bien y por el tuyo. Tú siempre le has tenido lástima como huérfano e hijo único. Lo has sobreprotegido mucho, ni padrastro le pusiste."

"Esto ya lo hemos conversado, Esther, y créeme cuando te digo que Ricardito hace lo que pocos a su edad hacen."

"Yo insisto en que puede ayudarte más. Y si no es él, busca alguna otra solución. Desde que falleció tu mamá y tu padre comenzó a ponerse así, te hablé del asilo, pero tú…"

"Por favor, Esther, eso no tiene discusión. Dime de ti, de Juan."

"Está bien, no sigo hablando de eso, tú sabrás. Por casa todos estamos bastante bien. De Juan precisamente quería hablarte. Se va una semana a un congreso en Río de Janeiro ¿Qué te parece?"

"¡A Río, qué bueno! Una ciudad maravillosa, a mí me encantó."

"Si por eso te llamo, yo recuerdo que poco antes de jubilarte tú estuviste allí un año con el grupo de pediatras, en aquel plan de vacunación infantil. Yo le dije a Juan que te llamara y hablara contigo, así tiene una idea de aquello antes de aterrizar, y le sugieres los lugares imprescindibles que debe visitar en esa semanita. Pero ya tú sabes cómo es él, le da pena molestarte, dice que tienes muchas cosas encima, y es verdad, pero yo le digo que también necesitas conversar, ¿no es verdad? Entonces decidí llamarte yo, porque hacía tiempo que no chachareábamos y de paso me ayudas a hacerle a Juan una programación de actividades."

"Lo primero, la estatua del Cristo Redentor. Allí hay un mirador..."

"Eso mismitico le dije a Juan. Yo estuve indagando sobre el Cristo. En la enciclopedia Encarta existe la posibilidad de una visita virtual, como si una estuviera encaramada en ese mirador observando a Río y puedes recorrer la vista los 360° a la redonda, te deja con la boca abierta. La estatua mide treinta metros, más los seis del pedestal, enclavada en la cima del Corcovado, a más de setecientos metros sobre el nivel del mar. El Cristo tiene los brazos abiertos, como amparando a la ciudad, una cosa monumental de setecientas toneladas de granito. Ah, y la escultura se la encargaron a un francés quien la terminó en 1921, año del centenario de la independencia de Brasil. Nuestro Cristo de Casablanca será más chiquitico, pero lo hizo una cubana, la verdad que los cubanos somos la candela. Si Juan regresa sin fotos de ese lugar yo no lo dejo entrar a la casa, ponle el cuño que no lo dejo pasar del portal. ¿Y qué otros lugares tú le aconsejas?"

"Como lugares turísticos están las playas..."

"Copacabana e Ipanema, esas son las que son, Pilar. A ver si se encuentra con 'la chica de Ipanema,' y pierde la cabeza. Dicen que la aglomeración de gente en esas playas es impresionante, entre bañistas y vendedores. ¿Te acuerdas, Pilar, de aquella telenovela brasileña con la protagonista que vendía pastelitos, o no sé qué, en las playas de Río de Janeiro y llegó a tener una red de restoranes y se hizo rica? Eso nada más se ve en la televisión. Lo que sí es verdad es lo de los vendedores en las playas. Bueno, y en todas partes. Imagínate, Río es una mega ciudad con más de once millones de habitantes. ¿Hay alguna recomendación especial para Juan?"

"Que se llegue por las favelas…"

"¿Pero tú no conoces a Juan, Pilar? En cuanto tenga una oportunidad, él se va a trepar por las laderas donde estén las favelas más pobres. Se meterá en cuanta covacha lo dejen entrar, le hará regalitos a los niños, hablará de Cuba, preguntará si conocieron a una pediatra cubana llamada Pilar, y si encuentra a alguien que te haya conocido, ahí mismo se forma la algarabía. Yo le pedí que tuviera mucho cuidado, que anduviera con cuatro ojos porque lo mismo podían robarle que, sin comerla ni beberla, se veía envuelto en una turbamulta de esas entre malandros y después nadie lo va a pagar, me lo mandan envuelto dentro de una cajita para acá."

"Esther, eso depende…"

"Yo sé que depende de muchas cosas, de si va solo, del horario, de cómo va vestido, yo sé, aunque no he estado ahí me lo puedo imaginar. Por eso yo le supliqué que fuera acompañado de mucha gente, a plena luz del día y con la peor ropa que tuviera, sin anillo ni reloj pulsera. No le sugerí que desnudo porque entonces lo meten preso por exhibicionista. A ver quién lo saca entonces de la cárcel. Y ahora que digo esto, ¿tienes a alguien de confianza en Río que pudiera darle alguna ayuda en caso de necesidad?"

"Pues claro que sí. Dile a Juan que me llame cualquier día después de las nueve de la noche. Le voy a dar los teléfonos de algunos amigos."

"Gracias, Pilar, tú nunca me fallas, siempre al pie del cañón. Por cierto, no te pregunté cómo estás, cómo te sientes."

"En estos días me siento un poco matunga por la gripe…"

"¡¿La gripe?! Ay, muchacha, no quieras saber la que hemos pasado en esta casa con esa gripe que anda por ahí. Primero la pescó mami, estuvo malísima, en cama, con fiebre de más de treinta y nueve. Después cayó papi, sin tanta fiebre, aunque con mucha tos, decaimiento y no quería comer nada, en una semana se secó el pobrecito. Los últimos fuimos Juan y yo. Por suerte, los muchachos se libraron de esta. Así que te compadezco porque esa gripe está acabando con media Habana. Le dicen 'Nazaret,' como la mala de la telenovela brasileña. Me encanta esa costumbre nuestra de ponerle nombres a las gripes. Y hablando de telenovelas, te dejo, Pilar, que ya va a empezar la cubana y tú sabes que yo soy fanática de esos programas, me da lo mismo de dónde sean y de lo que traten, es el mejor relajante que se ha inventado, mejor que el meprobamato, fíjate. Entonces quedamos en que Juan se comunica contigo antes del viaje y tú le das los datos de tus amistades. Aconséjalo, por favor, dile que ande con cuidado. Y otro favorcito, hazme caso, Pilar, ve a ver esa película, yo sé que te va a encantar. Sería un crimen que te la perdieras. Ahora sí te cuelgo porque siento la musiquita de la novela. Tírame un timbrazo de vez en cuando, no seas falsa, mira que a mí me encanta conversar contigo y siempre soy yo la que te llama. Cuídate mucho, Pilar. Chao."

"Cuídate tú, Esther."

Pilar colgó, se acercó al cuarto de su padre y le pareció escuchar un susurro que decía:

"Esta no es mi casa, llévame para mi casa."

TRACES
HUELLAS

TRACES

Alicia had a unique relationship with numbers. She memorized them with such ease that she never had to rely on a little black book of phone numbers. On the other hand, she suffered from an obsessive-compulsive disorder that filled her mind with useless ciphers. She looked at the license plates on cars and associated them with the date of some historical happening or an important event in her own life. She counted the number of slices she was making as she chopped food, the number of times she must beat eggs with a fork until they were thoroughly scrambled, steps on a staircase, windows on buildings and tiles on floors. She also counted time, the seconds it took for a traffic light to change and the days of the lunar cycle. So naturally when she and Carlos walked into the dining room-salon where their meeting would take place, she counted the number of people in the improvised circle of chairs. Eight plus the two of us makes ten, nine women and Carlos. The Carlos of former times, thought Alicia, might have felt a little uncomfortable as the only specimen of the so-called stronger sex.

Carlos and Alicia didn't know anyone except for Silvia, the woman in charge, who as soon as she welcomed them announced to all present:

"Everybody's here so please sit down and we can begin. We'll make introductions once the meeting is underway."

Silvia explained what everybody in one way or another already knew; they'd be meeting the last Saturday of every month to talk about the common problem, that their gathering was called an MSG, a Mutual Support Group, and that the first one had been created by Alcoholics Anonymous. Alicia did not let go of her husband's sweaty hand. She looked out of the corner of her eye at his profile and thought, look at you Carlos, how much you've aged. And I look like my mother's sister.

"Every woman will tell her story," said Silvia. "I mean," she continued with a wink to Carlos, "every *individual* will have a chance to speak. No one can interrupt the person who's speaking, and at the end of each presentation, there'll be time for questions, opinions and advice. Who's willing to break the ice?"

Break the ice, Alicia said to herself. Where do you suppose that expression came from? Did it mean to break a silence of suspicion or timidity, something as hard as ice? Did it mean to break the ice in two so that words could float to the surface? Or did the ice have to break into more pieces? If so, how many?

"Don't tell me we have to have a raffle to see who begins," joked Silvia, full-well knowing how difficult it was for people to open up about their painful experiences.

Alicia thought back to the raffles at her daughters' birthday parties. She recalled how much they had enjoyed the raffles, along with hearing everybody shout, "Congratulations," blowing out the candles, making a mess of the cake slicing and of course having fun with piñatas and games. Her older daughter had been born in January, and the younger one in July of the following year. So every six months the festivities were repeated, and the girls had a great time in both celebrations.

"Alright, let's have someone who'll volunteer to come forward and begin the personal stories," insisted Silvia.

Feeling anxious, Alicia decided to count to ten, and then if nobody began to speak she would be the first one. Carlos must have sensed her determination because he squeezed her hand more tightly. For her part, Alicia could read her husband's mind. If she were first he would feel obliged to join in, and this terrified him. He wanted to hear the other stories first. Nevertheless, Alicia asked herself, what was the use of being there if not to tell about what had happened to them? When she had reached ten in her mental counting, she broke free from Carlos's grasp and started talking.

"My name is Alicia," —several voices called out "Hi, Alicia"—"And just like the rest of you, I'm an "orphaned mother," to use the phrase Silvia cleverly created to describe us. Throughout the suffering of losing my daughters, our only two precious daughters, I've been supported at every step by my husband Carlos, who's seated beside me. The day before yesterday we celebrated our thirty-fifth wedding anniversary. But even if we had separated I'm sure that Carlos would be here with me today, because he would never have left our girls."

Alicia turned toward Carlos and received a nod of approval that encouraged her.

"First we lost Carlota, our older daughter. She left us exactly three years, eight months and seventeen days ago."

Sensing the group's unease over such a precise detailing of time, Alicia added at once: "Please, don't worry. My seeming obsession with numbers isn't related to the pain we've all been through, even though at times—and I know you'll all understand this—I felt like I was going crazy. The mania has been with me since childhood, and it's getting worse as I get older. Believe me that the constant pressure of numbers is a burden, and if I could, I'd stop. It eats up time, and I can't seem to control it. Although it does have its advantages, and if you don't believe me, ask Carlos."

There was a ripple of subdued laughter from those present, and this plus compassionate looks directed at Carlos lightened the somber atmosphere of the room. Alicia resumed her story.

"Carlota's husband José is the guilty party in all of this. After the wedding he began to work for a Spanish company based here. Then one fine day, that turned out to be a wretched day for us, they offered him a job at the headquarters in Barcelona. José began to talk up the idea to Carlota, a sweet girl who had never imagined leaving Havana, the city where she was born and grew up, our Carlota, so tied to her family and especially to her sister Alicia, I tell you it would be hard to find two sisters who got along so well. But finally he managed to convince her, and off they went. It was hard for us to take. For me it was something comparable to the death of my father, although the loss of Carlota hurt much, much more."

Alicia stopped for a minute in evoking the memories because she sensed that her voice was beginning to crack. In the faces of the other women who were listening to her she saw a sympathetic understanding. She looked at her watch and automatically calculated that she had been speaking for two minutes and fourteen seconds.

"I cried rivers of tears over Carlota's absence. Carlos took it like a man and let me cry on his shoulder, all the while bearing his own sorrows. Only Carlos gave me the support and fortitude I needed, because the well-meaning consolation of friends never eased the pain. How happy we'd be with Carlota's departure because it might give us the chance to visit the mother country. And what about the supposed advantages of having F.E.?[8] Now you won't have to struggle, they told us, because they'll send you things from overseas. But the

---

[8] The word *fe* in Spanish means faith. A popular saying in Cuba plays on a double meaning—to get by you have to have *fe*, faith or "*familiar en el exterior*" (family living abroad).

only thing we wanted from overseas was our daughter. What if something happened to her, if she got sick, or she had problems with José? Who would she turn to for help? Fortunately, up until now nothing bad has happened, and Carlota came for a visit two years, ten months...well rounding up it was about three years ago. She was pregnant, and very big, but if you think she was coming to have little José Carlos here, as we would have liked, you're mistaken. She said it would be better for the child to be born there because of the question of citizenship. You can imagine our anguish when the time came for her to deliver. We must have ruined their week with the deluge of phone calls and filled up their inbox with all the messages that we sent. And we couldn't really enjoy being grandparents by distance—or cyber-grandparents, as they say now—because just after the baby was born the next shock wave hit. Carlota invited her little sister Alicita to spend her vacation in Barcelona."

With the exception of Silvia, nobody there knew what Alicia and Carlos had been through, but at this point in the story one could imagine what was going to happen with Alicita, just as an experienced reader can see in advance what's going to develop in a novel. They were not surprised by what came next.

"Alicita swore up and down that she would be coming back, that she was going for a month just to be able to hold the baby in her arms, help look after her nephew, stroll along *Las Ramblas*, take in the majesty of *La Sagrada Familia*, drink water from the fountain where Joan Manuel Serrat had played as a child, get to know Catalonia, in sum, to enjoy in person what she had seen in her sister's photos. Carlos and I gave our consent because we knew there was no way we could stop her. We took the high road, which in this case was the only road. Then twenty-nine days after her departure, at eight-fifteen at night Cuban time, Alicita told us that she was going to extend her visa. She was fascinated by Barcelona, and Carlota needed her there for a little bit longer. That's how she described it: just a little while longer. That little time went by and some more time, and after several months had flown by Alicita hadn't come back. Then, at the first of the month she called to tell us that she was getting married and that her husband-to-be is..." Alicia hesitated, and the group was on the edge of their seats. "I'm sorry but it's hard for me to say it. Her husband-to-be is an Uzbeki!"

The appearance of an Uzbeki in the narration prompted nervous chatter.

Silvia intervened and brought everyone to order. Carlos seemed to get lost, hunched down in his seat.

"Yes, she's marrying an Uzbeki with Spanish citizenship. With all the men there are in Havana, my daughter has to go and fall in love in Barcelona with an Uzbeki and, to top it off, one who's older than she is. When I asked her how much older, Alicita just talked about what a great guy he was. Carlota tried to calm us down, saying that they were made for each other and that he was her better half and a terrific person. For Carlos and me, however, no matter how good a person he is—and that remains to be seen—you have to remember that a new broom always sweeps clean. That man is taking away our younger daughter, since, as I'm sure you all understand, the Uzbeki will never come to live in Cuba, that's never, ever, ever, and we're not going to be settling down in Spain and not in Uzbekistan in a million years, no matter if it is the number one exporter of cotton in the world and the fourth largest producer, with three million, seven hundred seventy thousand tons each year of..." For heaven's sake, thought Alicia, these numbers, they're driving me crazy.

"And what can I say about the names of our future Uzbekian grandchildren? I checked on some of the names with a neighbor who studied in the former Soviet Union. Good God. They're unpronounceable. But when it comes down to it, that's the least of our worries; a nickname can solve that problem..." Alicia's voice trailed off with the last sentence and she stared pensively toward something outside of the meeting room.

"Alicia, are you OK?" asked Silvia.

"I'm as well as I can be, given the circumstances," responded Alicia. "The problem is not the Uzbeki, or his age, or his name, or the names of our future grandchildren. We're not people who discriminate against others just because they're different, much less because of appearance. All you have to do is look at us. I'm blond, blue-eyed and as white as milk. And here you can see Carlos, a dark mulatto. What matters to us about people are other things: ethical values, sentiments, morality, integrity. That's what we taught our daughters, so, when it comes down to it, I'm not surprised that Alicita should have fallen in love with an Uzbeki. The problem is that it's left us without daughters and without the family we built together. This time Carlos is the one who's emotionally drained and caving in to despair. He's at the point of asking for vacation time because he has no desire to work, even though his job always gave him real satisfaction. Now he's the one who, without saying a word, looks to me for support. And meanwhile I'm dying inside from being an "orphaned mother," enduring what they call the empty-nest syndrome. What a name for our condition! It just kills me to hear Carlos sobbing in the morning and it just kills me to have a replay of the film we've already seen. Our Carlota who lives on Elkano, number seventeen, sixth floor, third door, postal code zero-eight-zero-zero-four, Pueblo Seco, Barcelona, Catalonia, in spite of all the values she grew up with, seems every day to be less and less like the young woman who left Cuba three years, eight months and seventeen days ago, even though she'll always be our beloved daughter.

"What I fear, and I'm almost ninety-nine point ninety-nine percent sure of it, is that the same thing will happen to Alicita. I'm not worried about changes that occur over time—we all know that no one bathes in the same river twice and that no river bathes the same person more than once. My concern is something else, the inevitability that Spain will leave its mark on our daughters, traces to which will be added the imprint of Uzbekistan. As Marx said, and it's one the world's great truths, human beings are shaped by the society they live in."

Alicia looked at the faces of the women sitting around her and wondered what their stories were, what gulf was separating them and their children.

"Silvia has explained that all of you have gone through similar situations and don't believe those circumstances to be gifts of destiny or a blessing from the gods. Now, since things can't go back to the way they were, and our empty nest is going to stay empty, Carlos and I are looking for suggestions about how to ease the pain. We came to this group hoping to find ways for both of us to keep our heads above the water."

"And now I'm speaking just for myself," said Alicia. "I need to know how I can keep Carlos from going completely under with despair. For him I'd do anything. Even though numbers truly torment me, and even if it were the only thing I did for the rest of my life...for him...I'd put into practice the words of a song my Asturian grandmother used to sing—ay, another trace of Spain!" Alicia paused, turned away from the others and looked straight at Carlos: "For you I'd count the grains of sand in the sea."

HUELLAS

Alicia tenía una singular relación con los números. Los memorizaba con tal facilidad que se daba el lujo de no utilizar libreta de teléfonos. Por otra parte, padecía de una conducta obsesiva-compulsiva que le llenaba la mente con cifras inútiles. Miraba las chapas de los autos y asociaba las cifras con la fecha de algún acontecimiento histórico o de un hecho importante de su vida. Contaba cuántas rodajas sacaba al picar viandas, las veces que debía batir los huevos con el tenedor hasta que quedaran bien revueltos; los peldaños de las escaleras, las ventanas de las edificaciones, las losas de los pisos. También contaba el tiempo, los segundos que demoraba en cambiar la luz de los semáforos, los días de las fases lunares. Por eso, cuando Carlos y ella entraron en aquella sala-comedor habilitada para la reunión, contó las personas en el improvisado círculo de asientos. Ocho, más nosotros, diez, somos nueve mujeres y Carlos. El Carlos de antes se hubiese sentido un poco incómodo como ejemplar único del llamado sexo fuerte, pensó Alicia.

No conocían a nadie, excepto a Silvia, la anfitriona, quien luego de la bienvenida les dijo:

"Faltaban ustedes nada más, así que siéntense que ya vamos comenzar. Haremos las presentaciones a medida que avance la tertulia."

Silvia les explicó lo que todos de alguna manera ya conocían, que se verían los últimos sábados de cada mes para conversar del problema común, que a eso le llamaban GAM, Grupo de Ayuda Mutua, que el primer GAM había sido el de los Alcohólicos Anónimos. Alicia no soltaba la mano sudorosa de Carlos y observaba de reojo el perfil de su marido. ¡Cuánto has envejecido, Carlos!, pensó, y yo, parezco la hermana de mamá.

"Nosotras contaremos nuestras historias, perdón, quise decir nosotros." Silvia miró a Carlos y le hizo un guiño. "Nadie interrumpirá a quien esté hablando. Al final de cada exposición se harán las preguntas y se darán las opiniones y los consejos. ¿Quién rompe el hielo?"

Romper el hielo, repitió para sí Alicia. ¿De dónde habría salido aquella expresión? ¿Acaso de romper el silencio del recelo, o de la timidez, duros como el hielo? ¿Se trata de quebrarlo en dos y con eso salen a flote las palabras? ¿O habrá que romperlo en más trozos? ¿En cuántos?

"No me digan que tendremos que rifar quién empieza," dijo Silvia con jocosidad, a sabiendas de lo difícil que resultaba hablar de aquellos dolores. Alicia recordó las rifas en los cumpleaños de sus hijas y cuánto ellas las disfrutaban, como el "felicidades" cantado a gritos por los invitados, la apagadera de las velitas, el embarre al picar el cake, las piñatas, los juegos. La mayor había nacido en un mes de enero y la más chiquita en julio del siguiente año. Cada seis meses se repetía el festejo y ellas se divertían igual con las dos celebraciones.

"A ver, alguien que voluntariamente dé el paso al frente para contar su historia," insistió Silvia.

La ansiedad hizo que Alicia decidiera contar hasta diez y si nadie se disponía a hablar, sería ella la que lo hiciera. Carlos debió presentir su determinación porque le apretó más la mano. Por su parte, Alicia le leyó el pensamiento a su marido. Si ella era la primera, él se vería obligado a intervenir y eso lo aterraba, prefería escuchar otras historias primero. Sin embargo, cuál era la razón de estar en aquel lugar, se preguntó Alicia, si no hablar de lo que les había ocurrido. Cuando llegó al diez en su conteo mental, se zafó del agarre de Carlos y comenzó a hablar:

"Mi nombre es Alicia." Algunas voces le respondieron, "Hola, Alicia." "Al igual que ustedes, y como nos ha bautizado Silvia con su ingenio, soy una madre huérfana. Dentro de la desgracia de la pérdida de mis hijas, de nuestras dos únicas hijas, me sostiene la compañía de Carlos, sentado aquí a mi lado. Antes de ayer cumplimos treinta y cinco años de casados, pero si nos hubiésemos separado, estoy segura de que Carlos estaría hoy aquí conmigo porque él nunca se habría divorciado de las niñas."

Alicia se volvió hacia Carlos y éste hizo un gesto de asentimiento que la animó:

"A Carlota, la mayor, la perdimos primero. Se nos fue hace tres años, ocho meses y diecisiete días," y ante el desconcierto general por tal precisión, Alicia agregó enseguida: "No, no piensen que esto es parte de la locura por todo lo que hemos pasado, aunque a veces he creído enloquecer y ustedes saben bien de qué les estoy hablando. Desde que yo era niña, esta manía con los números forma parte de mí y se incrementa mientras más vieja me pongo. Yo sufro mucho con esta contabilidad, quisiera parar, esto de los números me ocupa mucho tiempo, se me escapa del control, se los juro, aunque tiene sus ventajas, no vayan a creer, pregúntenle a Carlos."

Hubo algunas risitas en el auditorio y miradas compasivas hacia Carlos que aligeraron la atmósfera que se había adueñado de la habitación. Alicia retomó el hilo de su discurso.

"José, el marido de Carlota fue el culpable de todo. Después de la boda, él comenzó a trabajar para una firma comercial española radicada aquí, y un buen día, maldito día, mejor dicho, le propusieron un cargo en la casa matriz, en Barcelona. Entonces empezó a embullar a Carlota, una muchacha que nunca había pensado irse de La Habana, la ciudad donde nació y se crió, tan apegada a la familia, sobre todo a su hermana, Alicita, difícil encontrar dos hermanas tan bien llevadas como ellas. Hasta que José consiguió convencerla y se la llevó. Fue un duro golpe. Para mí, comparable con la muerte de mi padre, aunque la pérdida de Carlota dolió más, mucho más."

Alicia se detuvo ante esa evocación porque sintió que la voz se le rajaba. En el rostro de las mujeres que la escuchaban vio reflejada la comprensión. Miró su reloj e hizo automáticamente el cálculo de que llevaba hablando dos minutos y catorce segundos.

"Lloré a mares por la ausencia de Carlota. Carlos hizo de tripas corazón y, con su propio dolor a cuestas, se convirtió en mi paño de lágrimas. Sólo con él encontraba alivio y fortaleza, porque el consuelo que nos daban algunos amigos no mitigaba en nada nuestro duelo. ¿Cómo iba a alegrarnos la partida de Carlota porque eso, tal vez, nos daría la posibilidad de conocer las tierras de la Madre Patria? ¿Y qué decir de las supuestas ventajas de tener F.E., familiar en el exterior? Ahora no van a pasar trabajo, nos decían, porque ella les va a mandar cosas de afuera. La única cosa que queríamos tener de afuera era nuestra hija. ¿Y si le pasaba algo, si se enfermaba, si tenía problemas con José, a quién acudiría ella? Por suerte, hasta ahora, nada malo ha ocurrido y Carlota vino de visita hace dos años, diez... bueno, redondeando, hace como tres años, embarazada, con tremenda barriga. Si piensan que vino a tener a José Carlos aquí, como nosotros hubiésemos querido, se equivocan. Dijo que mejor el niño nacía allá para el asunto de la ciudadanía. Se imaginarán nuestra angustia a la hora del paritorio, creo que los arruinamos con las llamadas telefónicas y bloqueamos el servidor del correo electrónico con la cantidad de mensajes enviados. Poco pudimos disfrutar la alegría de ser abuelos a distancia, o ciberabuelos como se dice ahora, pues por esa fecha, con el niño recién nacido, ocurrió el otro cataclismo: Carlota invitó a su hermana a pasarse unas vacaciones en Barcelona."

Con la excepción de Silvia, allí nadie más conocía aquella historia de Alicia y de Carlos, pero a esa altura del relato, ya se imaginaban lo de Alicita, como cuando un lector avezado se adelanta a lo que va a ocurrir en una novela, y no las sorprendió lo que vino a continuación.

"Alicita nos juró y perjuró que regresaría, que iba por un mes a cargar al sobrino, a pasearse por las Ramblas, a desmayarse ante la Sagrada Familia, a tomar agua de la fuentecilla donde jugaba Joan Manuel Serrat, a conocer Catalunya, en fin, a disfrutar de lo que había visto en las fotos de su hermana. Carlos y yo consentimos porque sabíamos que no podíamos impedírselo. Hicimos el papel de los reyes buenos. A los veintinueve días de su partida, ocho y quince de la noche, hora cubana, nos habló de la prórroga. Estaba fascinada con aquella ciudad y Carlota la necesitaba allí un tiempito más. Así dijo, un tiempito más. Pasó el tiempito y el tiempo y muchas águilas han sobrevolado el mar. Alicita no regresó: el día primero de este mes llamó y nos anunció su boda con un…" el auditorio quedó en vilo. "Es que me cuesta decirlo, nos anunció su boda ¡con un uzbeko!"

La aparición de un uzbeko en la narración provocó desconcierto y comentarios entre las mujeres. Silvia intervino y pidió orden en la sala. Carlos parecía perderse en su asiento, hecho un ovillo.

"Sí, un uzbeko nacionalizado español. Con tantos hombres que hay en La Habana y mi hija tenía que enamorarse en Barcelona, de un uzbeko, para más desgracia mayor que ella. Cuando le pregunté cuánto mayor, Alicita se puso a hablar maravillas del uzbeko. Carlota nos quiso tranquilizar con eso de que están hechos el uno para el otro, medias naranjas, que él es tremenda persona. Para Carlos y para mí por muy buena persona que sea, lo cual está por ver, no olvidemos que escobita nueva barre bien, ese hombre nos quita a nuestra hija pequeña, porque como ustedes comprenderán el uzbeko no vendrá a vivir a Cuba jamás de los jamases, ni nosotros estamos dispuestos a instalarnos en España ni muchichísimo menos en Uzbekistán, por muy primer exportador de algodón en el mundo y cuarto productor, con tres millones setecientas setenta mil toneladas al año..." Los números, pensó Alicia, me están enloqueciendo.

"Y qué decirles de los nombres de nuestros futuros nietos uzbekitos. Averigüé algunos con una vecina que estudió en la antigua, la extinta, Unión Soviética. ¡Válgame Dios, impronunciables! Aunque en un final eso sería lo de menos, con un apodo se solucionaría ese inconveniente." Esta última frase la dijo en voz baja y se quedó pensativa, con la vista fija en un punto fuera de la habitación.

"Alicia, ¿estás bien?" preguntó Silvia.

"Estoy bien, todo lo bien que puedo estar dadas las circunstancias," respondió Alicia. "El problema no es el uzbeko, ni su edad, tampoco su nombre, ni los nombres de nuestros futuros nietos. Nosotros no somos gente que discrimine a otros por ser distintos, y menos por las apariencias. Nada más hay que mirarnos. Yo, rubia, de ojos azules y de tan blanca que soy, parezco un pomo de leche. Y ahí tienen a Carlos, un mulato oscuro. Lo que nos importa de las personas son otras cosas, los valores éticos, los sentimientos, las virtudes. Eso fue lo que le inculcamos a nuestras hijas, así que en un final no me extraña que Alicita haya podido enamorarse de un uzbeko. El problema es que nos hemos quedado sin hijas, sin la familia que construimos juntos. Y esta vez a Carlos se le acabaron las reservas, se ha derrumbado, hasta el punto de pedir vacaciones porque ni siquiera tiene ánimo para trabajar, él, que siempre se ha realizado tanto en su trabajo, y me pide, sin palabras, ayuda a mí, a mí que me está matando esta condición de madre huérfana, la enfermedad del nido vacío, como le dicen a este padecimiento, me está matando sentirlo sollozar en la madrugada, me está matando la repetición de una película ya vista, porque la Carlota que vive hoy en Elkano número 17, sexto piso, tercera puerta, código postal cero, ocho, cero, cero, cuatro, Pueblo Seco, Barcelona, Catalunya, a pesar de los muchos valores que la adornan, se parece cada vez menos a la que se marchó de Cuba hace tres años, ocho meses y diecisiete días, aunque siga siendo nuestra querida hija Carlota, y temo, para no hablar de que tengo una certeza del noventa y nueve coma noventa y nueve por ciento, que eso mismo le sucederá a Alicita. Y no hablo del cambio por el tiempo transcurrido, es sabido que nadie se baña en el mismo río dos veces, ni tampoco ningún río baña a la misma persona en dos ocasiones. Hablo de otra cosa, hablo de la inevitable huella de España, de la España de nuestras hijas, y ahora se sumará la huella de Uzbekistán. Porque el viejo Marx dijo una de las verdades más grandes de este mundo, la gente piensa de acuerdo a como vive."

Alicia miró los rostros de aquellas mujeres y se preguntó cuál sería el drama de cada una, cuál el abismo que se iba interponiendo entre ellas y sus hijos.

"Silvia nos ha dicho que ustedes han pasado por situaciones semejantes y no son de las que creen que esto es un regalo del destino, una bendición de los dioses. Ahora bien, como esto no tiene vuelta atrás, el nido nunca volverá a llenarse, sólo nos queda buscar cómo aplacar el dolor. Hemos venido aquí con la esperanza de encontrar en este grupo la ayuda que nos permita salir a flote. Y ahora voy a hablar por mí. Necesito saber qué hago para que Carlos no siga hundiéndose en tanta desolación. Yo, por él, sería capaz de todo. Por más que me atormenten los números, y aunque eso fuese lo único que yo hiciera el resto de mis días, por él, como dice una canción que cantaba mi abuela asturiana, ¡ay, otra huella de España!" Alicia dejó de dirigirse al auditorio y se volvió hacia Carlos: "Por ti contaría la arena del mar."

DISCONNECT
DESENCUENTRO

DISCONNECT

Everything would have turned out differently, Leonardo, if it weren't for your eyes. I wouldn't be trying to write this letter (lacking the courage to talk to you face-to-face). Leaving metaphors and literary allusions aside, I don't know how many other letters I've begun, and they always end up in the fire as if, along with the sheets of paper, I could burn away my sins and redeem myself. You wouldn't be under stress, unsure of where your tormented need for my company is going to take you. Pablo would not be silently questioning me, his probing not meant to discover what's going on (he knows me too well not to know) but rather to see how this story's going to end. But one morning I looked into your eyes (they're much lighter than I had imagined), and you were no longer a boy like any of the others, lost in the crowd of students listening to my lecture about Antigone's sense of duty. The intensity of your look was such that ever since then, and I hate to admit it, my existence has revolved around those scarce opportunities when I could look into your eyes, Leonardo.

That wasn't the first time I'd seen you. You'd been there since the beginning of the course—perhaps trying to make yourself stand out, like many students do when they're interested in a subject. I didn't know that you would enter my life until that moment when I had to hold myself back from dedicating solely to you my reflections on the tragic drama by Sophocles. I realized that I would never be able to forget your eyes, your eyes that burned with the passion of Antigone when she faced those who tried to stop her from burying her brother Polyneices, and that was the magical moment for me. From then on I began to recognize your silhouette in the crowded hallways of the College of Humanities; I could distinguish the timbre of your voice among the student racket, I could tell at a glance which was your handwriting in the stacks of papers to be graded, and I was happy when I could be at your side, outside of class, gazing into your eyes.

At the beginning of my drawing closer to you, I tried to deceive myself and avoided accepting my growing obsession for what it was. We human beings make traps for ourselves, Leonardo, so as not to face our weaknesses and shortcomings, and for a certain kind of person (among which I find myself) there is no judge more severe than the one who looks at us from within. Any feelings toward you that might breach what I considered inviolable precepts (professional ethics, fidelity to Pablo) were silenced by fooling my conscience with all manner of deception. I covered up my desperate need for you telling myself it was all about offering you reasonable academic support, thus evading awkward moments that would have reduced the freshness and intensity of a connection I didn't want to give up. Besides, in order to lie to others—and I needed to do a lot of that—no method has proved more efficient than that of deceiving ourselves.

For a while I managed to convince myself of my innocence and escaped with impunity having to admit that for the first time I was hiding something really important from Pablo. Then I decided to bring two of my most valued books to class, and Pablo was surprised that I, who had always been reluctant to let go of my books, was willing to let you borrow them. The inconsistency of an obvious truth, "I'm going to loan them to Leonardo, an outstanding student," would have laid bare another truth too shameful to allow me the luxury of such honesty. That's why I was alarmed by the degree of my own cynicism, as I gave Pablo vague explanations that didn't convince him in the least. A lie, Leonardo, is like a slippery slope: you can save yourself only if you don't take the first step down, but if you do, nothing can stop your slide into a bottomless pit. My lies to Pablo continued, one after another, disguised many times by what I classified as insignificant omissions. I minimized the degree of my deplorable conduct. In short: I had fallen in love with you, a student who was twenty-five years younger than me, and I was incapable of confessing it to Pablo. What was left of my integrity?

The memories of our connections come flooding back to me; they began as a way to facilitate my tutoring you, and then they blossomed into sessions where we truly got to know each other. The relative proximity of our homes became a supreme accomplice, allowing us long strolls through the city, where we could talk about all things, human and divine. When we would stumble across some poor little mistreated dog, it would pull us away us from the endless dialogue, joining us in compassion for the unfortunate creature, lost or abandoned to its fate and seeking affection from the hurried passers-by, or maybe something to eat from the scraps in the street. Enjoying those strolls made us forget the lamentable condition of the urban scenery (propped up buildings, heaps of rubble, reeking odors), and we only noticed the luminosity of the afternoons, whose splendor let us take imaginary photos of the city's arches, columns, stained glass windows, as well as the filigree ironwork on colonial buildings. When your happiness is complete, everything pales in comparison to it, to the feeling that everything is beautiful and you are invincible. My life ambled along in this walk through the clouds, its rhythm marked by the moments I spent with you. I recognize, nonetheless, that I was irresponsible in satisfying my desires for your company without considering your feelings. I utilized all the skills afforded by my age and experience to impress you, inside and outside the classroom, and I succeeded in making myself indispensable to you. You asked me questions about everything, not just literature, and you didn't hide your fascination with my replies, which always seemed intelligent to you, because you judged me to have a breadth of wisdom that in truth I lack (don't forget that the devil knows more because he's old than because he's the devil).

I swear to you, Leonardo, that it was not my intention to win you over. At least I never consciously made that my goal. I only wanted to maintain that connection with you, look into your eyes and feel the rejuvenating effects of your youth. For me it was much simpler that way; the impossibility of committing a sin keeps one's virtue intact. That is why the great crisis arose around what I might mean to you.

Several weeks ago I was startled by the brightness and intensity of your look—reflecting perhaps some confusion stirring in your soul—as you pronounced the words, "I'm clinging to the hope of changing what's foreseen, and I'm searching for love." (At your age, Leonardo, due to a lack of previous experiences, emotions tend to get mixed up and turn admiration into love, what is mere affection into idolatry and what is simply respect into devotion.) What is certain is that I had the premonition that I was the love you were looking for. The exciting game that my recklessness had put into play was becoming dangerous, and so I distanced myself from you.

Was it my withdrawal (now you'll understand the cause), or that the semester was almost over and our separation inevitable, that impelled you to try to confess your feelings to me? I would have liked nothing more than to hear a confession of love from your lips. But I didn't let you say it. I cut you off, "Don't say any more, Leonardo, I know what you want to tell me." I tried to hide my weakness by speaking with my professor's voice. I did what caution and good manners demanded: with a great deal of guile, afraid of ringing false, and employing allegories as cryptic as they were unsubstantial, I tried to convince you that it was all a matter of misunderstood sentiments.

From that day on, Leonardo, my life has become an unbearable hell. I ask myself, over and over, what to do, what my duty is, what in the hell duty really means and whether my effort to transmit Antigone's message to students means anything at all, if I myself can't take it in? I don't find consolation in being faithful to Pablo, nor in the faith your parents have in me, when I think about the fact that we can never love each other. And if I let my imagination run free and envision how our life together would be, I still have no peace of mind, because it's hard to forget how Pablo and your parents would suffer, not to mention the public scandal that we would have to face. As the refrain goes, "I can't live with you and can't live without you."[9]

What would move me to distance myself definitively from you? Affection for Pablo? Stability? Attachment to routine? Fear of the transitory nature of love? The difference in our ages? Societal prejudices? On the other hand, what would lead me to bet on the other side of the coin? New love? The need for change? The desire for new experiences to make me feel young again? Daring to want to begin anew? The challenge of your tender years? The arrogance to defy society?

I've bordered on madness, Leonardo. Many times, I've surprised myself, expecting behavior from Pablo that differed from his silent comprehension. In my mind's eye I imagined him being aggressive, really telling me what for. Shamelessly, I got to the point of wanting him to react, so that his accusations would push me toward you; I needed his rage and his hostility to let loose my own animosity. Resentment builds on itself, lending bravery even to cowards, and is much more powerful than compassion.

It's been a hard battle not to give in to the temptation of telling you: "Let's

[9] The reference is to a popular refrain that appears in songs and flirtatious compliments. The complete stanza is: "Ni contigo ni sin ti / tienen mis penas remedio / contigo, porque me matas,/ y sin ti porque me muero."

not lose the chance to make a beautiful memory. Let's love each other even if it's just one time." Or better yet with the verses from Whitman: "Stop this day and night with me and you shall possess the origin of all poems."[10] I would love every inch of your body, Leonardo. I would discover the hidden recesses of your body and make you experience the unexpected pleasures we find through tenderness. I would be capable of teaching you the ecstasy of passion and also the sensuality of repose after a delirious climax. I would trap forever in my memory the expressions in your eyes, Leonardo, as we made love. But what would happen next? How much effort would it take to never see each other again? In her book, *Alexis, or the Treatise on a Battle Fought in Vain*[11]—someday, if you haven't already done so you should read this literary jewel, with its remarkable understanding of human nature—Marguerite Yourcenar perfectly explains the root of this problem: "It is more difficult to give in just once than to never give in."

I got sick. Literally, I fell into a deep depression, a nervous breakdown that put me in bed. You worried about my absence at the College of Humanities and had the audacity to come see me at home. That day you and Pablo met each other for the first time, although I could barely introduce you, I was so anxious about your being there. He moved about with assurance in the room while you stayed quietly in a corner, and I uttered a few haphazard sentences that attempted to explain my illness. Pablo straightened up a painting and arranged some books on the bookshelves, his actions making clear just how much that intimate space that he and I shared belonged to him. In joining the conversation he did not lose the opportunity to address me with that type of code only understood by those who have traveled a good stretch of life together. You, Leonardo, were an outsider. And in that moment I began to understand many things.

It became impossible for me to imagine life at your side. If one day, in the midst of one of those silences that draw people together rather than separate them, I were to say: "*Tu n'as rien vu…*" your voice would never be the echo responding with: "*Tu n'as rien vu à Hiroshima.*"[12] Hearing the name Dakota, even if you recognized it and knew what it was about, could never wound

---

[10] From Walt Whitman's "Song of Myself."

[11] Marguerite Yourcenar's debut novel is *Alexis ou le Traité du vain combat* (1929).

[12] "*Tu n'as rien vu à Hiroshima.*" (You saw nothing in Hiroshima) is a famous line from the 1959 movie *Hiroshima mon amour*. It is part of a dialogue between lovers.

you like it wounded me.[13] In the trunk where I store the items dearest to me, there's not a single love letter written by you, nor photographs bathed in sepia where I could find your eyes. We haven't shared the sorrow of losing loved ones, the joys of anniversaries and New Year's celebrations, much less those dreams of utopia that nowadays they try to convince us are destroyed. For all these reasons, Leonardo, I cannot show you the origin of all poems.

Now comes the time to say farewell, and I ask your forgiveness not for this disconnect, our parting of ways, but rather because I ever nourished your hopes. Perhaps everything would have turned out differently had it not been that your past belongs to the future while mine scarcely has room for a sliver of what's-to-come. Let's just allow our fantasies to find the connection to that other story that might have happened between two men like you and me.

---

[13] Dakota refers to the death of John Lennon in front of the Dakota in New York City in 1980.

DESENCUENTRO

Todo sucedería de manera diferente, Leonardo, de no ser por tus ojos. Yo no estaría intentando nuevamente escribir esta carta—a falta de coraje para hablarte de frente, dejando a un lado las metáforas y alusiones literarias, no se cuántas otras he comenzado y siempre terminan en el fuego, como si ese acto pudiera quemar, junto al papel, mis culpas, y redimirme—tú no te sentirías perturbado por desconocer a dónde va a conducirte esa necesidad angustiosa de mi compañía, ni Pablo me interrogaría sin palabras, buscando descubrir no ya lo que ocurre (me conoce demasiado para ignorarlo), sino cómo va a terminar esta historia. Pero una mañana miré tus ojos (mucho más claros de lo que había imaginado) y dejaste de ser un muchacho como cualquier otro, confundido en el tumulto de estudiantes atentos a mi disertación sobre el sentido del deber de Antígona: la intensidad de tu mirada hizo que desde entonces, y aunque me ha costado mucho admitirlo, mi existencia haya girado alrededor de las escasas oportunidades en que he podido contemplar tus ojos, Leonardo.

No era aquella la primera vez que te veía. Habías estado ahí desde el inicio del curso—quizás tratando de hacerte notar, como suelen hacer muchos estudiantes al interesarse por una asignatura—sin saber yo que entrarías en mi vida, hasta aquel momento en el que tuve que esforzarme para no dedicarte solamente a ti mis reflexiones sobre la tragedia de Sófocles. En la revelación de lo imperecedero que sería el recuerdo de tus ojos, trasuntando la misma pasión de Antígona ante quienes le impedían dar sepultura a su hermano Polinice, estuvo la magia de aquel instante. Y a partir de entonces comencé a reconocer tu silueta en los repletos pasillos de la Facultad, distinguí el timbre de tu voz mezclado con el bullicio estudiantil, identifiqué tu letra en la papelería a calificar, y me alegré cuando podía estar un rato a tu lado, más allá de la clase, mirando tus ojos.

Al principio de mi acercamiento a ti, intenté engañarme y evité calificar lo que sin dudas comenzaba a convertirse en una obsesión para mí. Los seres humanos nos hacemos trampas, Leonardo, con tal de no encarar nuestras debilidades y mezquindades, y para cierto tipo de personas (entre las que me encuentro) no existe juez más severo que quien nos mira desde adentro. Cualquier sentimiento de mí hacia ti, sospechoso de transgredir lo que consideraba preceptos inviolables (ética profesional, fidelidad hacia Pablo), fue silenciado a fuerza de estafar a mi conciencia con toda clase de embustes: encubriendo la avidez de ti con el razonable propósito de la ayuda académica, eludía malestares que hubieran restado frescura e intensidad a una comunicación a la que no deseaba renunciar. Además, para mentir a los otros—y yo necesitaba mucho hacerlo—ningún método supera en eficacia al de engañarnos a nosotros mismos.

Durante un tiempo logré convencerme de mi inocencia y escapé impunemente de tener que aceptar que, por primera vez, le ocultaba a Pablo algo realmente importante. Hasta que decidí llevarte al aula dos de mis libros más apreciados, y él se sorprendió de que yo, siempre renuente a desprenderme de ellos, accediera a prestarlos. La inconsistencia de la verdad aparente, "Se los voy a prestar a Leonardo, un alumno aventajado," habría dejado al descubierto otra demasiado innoble como para haberme permitido el lujo de la honestidad. Por eso me sobresaltó mi cinismo al darle a Pablo explicaciones vagas que no lo convencieron. La mentira, Leonardo, es como una pendiente resbaladiza: te salvas del desplome si no das el primer paso para entrar en ella, mas si lo haces, ya nada podrá detenerte en la caída por el despeñadero sin fin. Se sucedieron una tras otra las mentiras a Pablo, disfrazadas muchas veces de lo que yo calificaba de intrascendentes omisiones, como restándole importancia a mi deplorable conducta. En pocas palabras: me había enamorado de ti, un alumno a quien le llevo veinticinco años, y no era capaz de confesárselo a Pablo. ¿Qué quedaba de mi honestidad?

Vuelven a mi memoria los recuerdos de nuestros encuentros, de inicio concebidos para propiciar una enseñanza tutelar, y cómo se transformaron en verdaderas sesiones de conocimiento mutuo. La relativa cercanía de nuestras viviendas fue cómplice inmejorable de las largas caminatas a través de la ciudad que nos permitían conversar de lo humano y lo divino. El tropiezo con un algún maltrecho perrito lograba extraernos del diálogo interminable y concitar nuestra compasión por aquel pobre, perdido o abandonado a su suerte, que buscaba afecto en los apurados transeúntes y algo de comida en los desperdicios de la calle. Disfrutar aquellos paseos nos hacía olvidar el costado lamentable de la escenografía de fondo (edificios apuntalados, derrumbes, malos olores) y sólo reparábamos en la luminosidad de las tardes cuyo resplandor nos permitía tirar imaginarias fotos a los arcos, columnas, vitrales y guardavecinos. Cuando se experimenta la felicidad plena, todo se subordina a ella y a la exaltación de los sentimientos de belleza e invencibilidad. En ese andar entre nubes transcurría mi vida, al compás de un tiempo marcado por los momentos compartidos contigo. Reconozco, sin embargo, que fui irresponsable al satisfacer mis ansias de tu compañía, sin considerar tus emociones. Utilicé todos los recursos de mi edad y mi experiencia para impresionarte dentro y fuera del aula y logré convertirme en una presencia necesaria para ti: me preguntabas de todo, no sólo de Literatura, sin ocultar tu fascinación ante mis respuestas, para ti siempre inteligentes porque me adjudicabas una sabiduría de la que realmente carezco (no olvides que más sabe el diablo por viejo que por diablo).

Te juro, Leonardo, que no era mi intención conquistarte. Al menos nunca me lo propuse conscientemente. Yo sólo pretendía mantener aquel vínculo contigo, mirar tus ojos y sentir el efecto renovador de tu juventud. Para mí, resultaba mucho más sencillo de esa manera: la imposibilidad de pecar no permite amenazar la virtud. Por eso, la gran crisis sobrevino ante la duda de lo que yo significaba para ti. Hace algunas semanas me sobresaltó el brillo de tu mirada—reflejo quizás de una equivocación del alma—mientras pronunciabas aquella frase, "Me aferro a la esperanza que cambia lo predecible, y busco el amor." (A tu edad, Leonardo, por falta de referencias anteriores, suelen entremezclarse las emociones y torcer en amor la admiración, en idolatría aquello que no pasa de ser afecto, en devoción lo que no es sino respeto.) Lo cierto es que tuve el presentimiento de ser yo ese amor buscado. Se puso en peligro el provocador juego impuesto por mi liviandad y me distancié de ti.

¿Fue mi retraimiento (ahora podrás comprender la causa) o que estaba por finalizar el curso, y con ello nuestra separación era inevitable, lo que te impulsó a intentar confesarme tus sentimientos? Nada hubiera deseado más que escuchar de tu voz una confesión de amor. Pero no te permití hacerlo. Fui cortante, "No hace falta que continúes hablando, Leonardo, sé lo que quieres decirme." Pretendí, con la dureza, ocultar mi debilidad. Hice lo que me dictaron la compostura y las buenas costumbres: con mucha cautela, con temor a la falsedad del tono, y utilizando alegorías tan crípticas como insustanciales, intenté convencerte de que aquello se trataba sólo de una confusión de sentimientos.

Desde ese día, Leonardo, mi vida se ha convertido en un infierno insostenible. Vuelvo una y otra vez a preguntarme qué hacer, cuál es mi deber, qué demonios es el deber, de qué valió el esfuerzo por transmitir a mis estudiantes el mensaje de Antígona, si yo no logré aprehenderlo. No encuentro consuelo en la lealtad hacia Pablo, ni en la confianza depositada por tus padres, cuando pienso en que nunca podremos amarnos. Tampoco aparece la paz si dejo libre de ataduras a la imaginación para concebir cómo sería nuestra vida en común, pues es difícil olvidar el dolor de Pablo y de tus padres, por no hablar del escándalo social que deberíamos enfrentar. "Ni contigo ni sin ti tienen mis penas remedio." ¿Qué me movería a alejarme definitivamente de ti? ¿El cariño por Pablo? ¿La estabilidad? ¿El apego a la rutina? ¿El miedo a lo efímero del amor? ¿La diferencia de edad? ¿Los prejuicios sociales? Por otra parte, ¿qué me llevaría a apostar por el reverso de la moneda? ¿El nuevo amor? ¿La necesidad de cambios? ¿El deseo de tener nuevas y renovadoras experiencias? ¿La osadía de querer empezar otra vez? ¿El reto de tu juventud? ¿La arrogancia ante la sociedad?

He bordeado la locura, Leonardo. No pocas veces me sorprendí esperando otra actitud de Pablo, diferente a su callada comprensión. En mis fabulaciones, lo imaginé agresivo, increpándome. Mi desvergüenza llegó al punto de desear que él mismo, con sus reclamos, me empujara hacia ti; necesitaba de su cólera, de su oposición, para desencadenar mi animosidad. El resentimiento logra acumular fuerzas, incluso en los cobardes, y puede más que la compasión.

Ha sido dura la batalla para no rendirme ante la tentación de decirte: "No perdamos la oportunidad de guardar un bello recuerdo. Amémonos aunque sea una sola vez." O mejor, con los versos de Whitman: "Quédate hoy conmigo, vive conmigo un día y una noche y te mostraré el origen de todos los poemas." Yo amaría, Leonardo, cada pedazo de tu piel; descubriría los rincones últimos de tu cuerpo y te haría conocer el insospechado placer que se alcanza a través de la ternura; sería capaz de enseñarte el éxtasis de la pasión, y, también, la sensualidad del reposo después del delirio; atraparía en mi memoria las expresiones de tus ojos, Leonardo, durante el sagrado acto de amar. Pero, ¿qué vendría después? ¿Cuánto esfuerzo tendríamos que hacer para no volvernos a ver? En su libro *Alexis o El tratado del inútil combate*—debes leer algún día, si no lo has hecho ya, esa joya literaria y alarde de conocimiento del alma humana—Marguerite Yourcenar expone con agudeza la raíz de ese problema: "Es más difícil ceder una sola vez que no ceder jamás."

Me enfermé. Literalmente caí en cama bajo una profunda depresión nerviosa. Te preocupaste por mi ausencia a la Facultad y tuviste la audacia de venir a verme a la casa. Apenas presentados a causa de mi turbación con tu visita, ese día se conocieron Pablo y tú. Él se movió seguro por la sala, mientras tú permanecías muy quieto en un rincón, y yo farfullaba frases que pretendían explicarte mi mal. Pablo enderezó la posición de un cuadro, arregló algunos libros en los anaqueles. Su gestualidad delataba cuánto le pertenecía aquel ámbito vital compartido conmigo. Al integrarse a la conversación, no perdió la oportunidad de dirigirse a mí con ese tipo de código solamente comprendido por quienes han desandado mucho trecho de vida en compañía. Tú, Leonardo, quedaste excluido. Y en ese instante comprendí muchas cosas.

Me resultó imposible concebir la vida a tu lado. Si un día, en medio de uno de esos silencios que más que separar a las personas pueden unirlas, yo dijera: "*Tu n'as rien vu...,*" nunca sería tu voz el eco que respondería: "*Tu n'as rien vu à Hiroshima.*" El nombre de Dakota, aún cuando lo conozcas y sepas de qué se trata, jamás podrá lastimarte como a mí. En el baúl donde atesoro mis recuerdos más entrañables no hay ni una sola carta de amor escrita por ti, ni fotografías bañadas en sepia donde encontrar tus ojos. No hemos compartido el dolor por nuestros muertos, ni las alegrías de los aniversarios y de los años nuevos; tampoco las utopías de cuyo derrumbe quieren ahora convencernos. Y por todo esto, Leonardo, renuncio a mostrarte el origen de todos los poemas.

Ahora llega el momento del adiós y te pido perdón, no por este desencuentro, sino porque alimenté tus ilusiones. Quizás todo habría sucedido de manera diferente, Leonardo, de no haber sido porque tu pasado pertenece aún al futuro, mientras el mío apenas deja espacio para un estrecho porvenir. Dejemos a nuestras fantasías encontrar el final de esa otra historia que hubiese podido ocurrir entre dos hombres, como tú y como yo.

ABOUT THE AUTHOR

Nancy Alonso entered Cuba's literary scene with *Tirar la primera piedra* (*Casting the First Stone*) in 1997 and immediately made an impact. Her first book was in part a reaction to the plight of *balseros* heading out to sea on makeshift rafts in the most desperate times of the Special Period. Her second work, *Cerrado por reparación* (*Closed for Repairs*), was a series of eleven humorous vignettes depicting Cuban ingenuity in the face of urban problems, and won the 2002 prize for Women's Narrative, "Alba de Céspedes." Now with *Desencuentro* (*Disconnect*) released in 2008, Alonso makes love in all its diverse facets the essential connection between the twelve stories. Yet each story features an internal disconnect of one type or another as well, revealing the inherent contradictions of life itself. In *Disconnect* we have the whole gamut of human relations including lesbian love, unconventional mother and son ties, chance encounters, interwoven destinies and even a dreamed death. Characteristic of Alonso's fiction is her creation of everyday scenes and dialogues that are universally understood yet deeply rooted in Cuban reality.

Nancy Alonso's stories easily cross the Great Blue River, as Hemingway called the Gulf Stream. Looking out toward the sea from Cojímar, where she lives, Alonso seems destined to bridge that divide with stories that resonate with Cubans wherever they live. After all, as one of her characters describes the distance between the Island and the Florida shores, "Although they might be separated by the longest ninety miles geographically speaking, they were also the shortest ninety miles."

Partner and mentor, Mirta Yañez, renowned as both literary critic and successful author, was one of the first to recognize Alonso's skills of observation and to encourage her literary path. Since then many have critiqued and described Alonso's fiction. Well-known Cuban writer, María Elena Llana, calls Alonso's latest work "beautiful for its bravery," a work that presents the homoerotic world without veiled allusions and yet never in a tawdry or distasteful fashion. Llana also confirms a characteristic of Alonso's works in general, their intrinsic linkage to the multiple vicissitudes of Cuban life. Carlos Espinosa Domínguez, a professor at Mississippi State, notes Alonso's tendency toward brevity, her connection with Borges and her approach to reality from unexpected angles.

Alonso has received critical acclaim from a wide circle of readers in many lands, especially as her works have become available in translation. Currently her stories have been translated into English, Italian, Croatian and Icelandic, with translations into French on the horizon.

A number of reviewers have given *Desencuentro* (*Disconnect*) a plural title, *Desencuentros,* perhaps an unconscious way of asserting that interest in the author's work will continue. Critic Llana, for example, states at the end of her review, that this third book ensures that readers will want further "encuentros" (connections) with Alonso's fiction. That certainly seems likely since Nancy Alonso has established herself as an important new voice for Cuban women and Cuban literature in the twenty-first century.

ABOUT THE TRANSLATOR

Anne (Anita) Fountain was born in Argentina. Her Ph.D. in Spanish and an Area Certificate in Latin American Studies are from Columbia University. She is Professor of Spanish in the Department of World Languages and Literatures at San José State University and served as Interim Chair of the Department of Television, Radio, Film and Theatre at San José State, 2009–2010. She is a specialist on Cuba and her most recent books are: *Closed for Repairs* (Translation of Nancy Alonso's *Cerrado por reparación*), 2007, *Cuba on the Edge* (a co-edited anthology of Cuban short fiction), 2007 and *Versos Sencillos: A Dual Language Edition* (José Martí, translated by Anne Fountain), 2005. She is currently working on a monograph on José Martí, the United States and race as well as a collection of essays in Spanish about José Martí. She has done numerous readings and academic presentations in both English and Spanish.